酒鬼一家

国民老岳父公 作品

湖南文艺出版社
HUNAN LITERATURE AND ART PUBLISHING HOUSE

博集天卷
CS-BOOKY

人生路途漫长，一路走走停停，三年前邂逅墨爷，两年前遇上酒鬼，一年前撕家撞进我怀里，今年大腔突然出现。

一个人的旅途，变成了一人三狗一猫，别有一番乐趣。

以前总觉得，人这一辈子，无非也就这样过去了。
有了他们，人生变得好像并不是"这样就过去了"。

墨爷的乖、酒鬼的懒、撕家的闹、大腔的淡，每每想起他们的点点滴滴，内心深处都要溢出无尽的温情与满足。

他们改变了我的人生，装点了我的人生。
也完美了我的人生，不管是以前、现在，还是以后，都不会变。

不知不觉，酒鬼一家与大家相识也一年多了，现在我想把我最爱的风景分享给你们，想把我所感受到的温暖传达给你们，哪怕只是一点也足以让我欣慰。

——国民老岳父公

02

2月13日—19日
情人节主题漫画

在2月13日的周计划后面，你会发现特殊页！请根据已有的漫画框和贴纸，制作出你想要的剧情故事，上传到微博带话题#酒鬼一家手账#并@国民老岳父公，即有机会获得礼物哟！

Mon.	Tues.	Wed.
		1 初五
6 初十	7 十一	8 十二
13 十七 ⭐	14 情人节	15 十九
20 廿四	21 廿五	22 廿六
27 初二	28 初三	

Fri.	Sat.	Sun.
3 初七	4 初八	5 初九
10 十四	11 元宵节	12 十六
17 廿一	18 廿二	19 廿三 ☆
24 廿八	25 廿九	26 初一

February

02

Mon.	Tues.
30	31
初三	初四

Wed.	Thur.
1	2
初五	初六

note

Fri.	Sat.
3	4
初七	初八

Sun.	
5	
初九	

一	二	三	四	五	六	日
30 初二	31 初四	1 初五	2 湿地日	3 立春	4 初八	5 初九
6 初十	7 十一	8 十二	9 十三	10 十四	11 元宵节	12 十六
13 十七	14 情人节	15 十九	16 二十	17 廿一	18 雨水	19 廿三
20 廿四	21 廿五	22 廿六	23 廿七	24 廿八	25 廿九	26 初一
27 龙头节	28 初三					

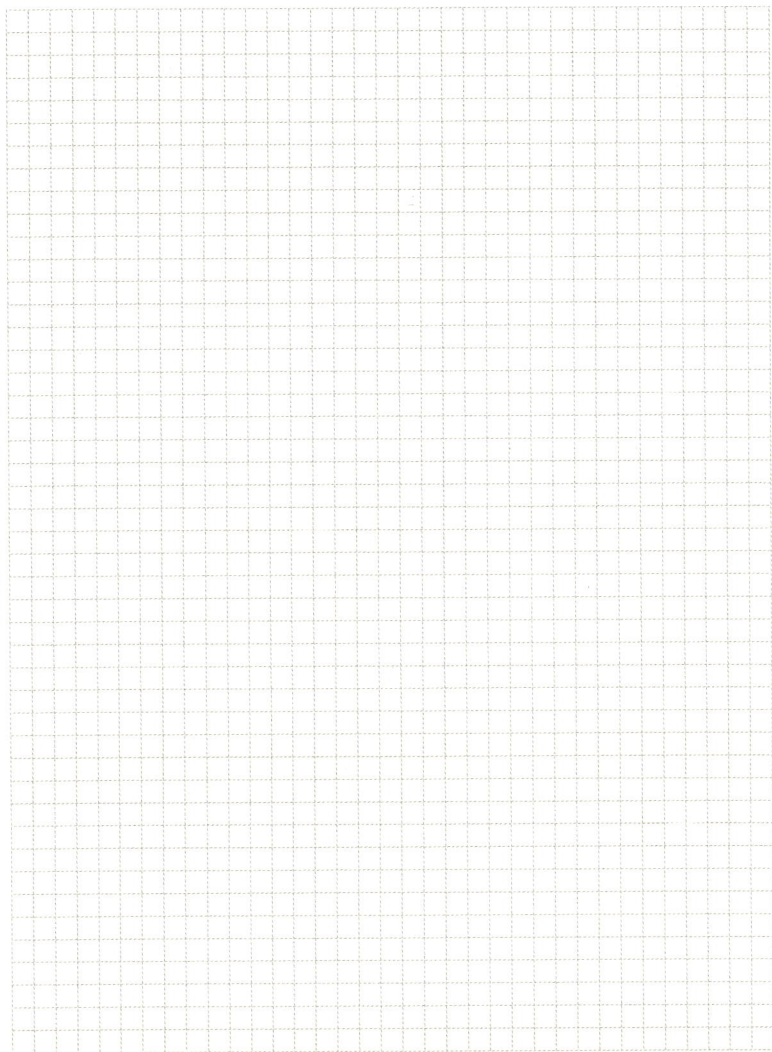

February

02

Mon.	**Tues.**
6 初十	7 十一

Wed.	**Thur.**
8 十二	9 十三

note

Fri.	**Sat.**
10 十四	11 元宵节

Sun.	
12 十六	

一	二	三	四	五	六	日
30 初三	31 初四	1 初五	2 填仓日	3 立春	4 初八	5 初九
6 初十	7 十一	8 十二	9 十三	10 十四	11 元宵节	12 十六
13 十七	14 情人节	15 十九	16 二十	17 廿一	18 雨水	19 廿三
20 廿四	21 廿五	22 廿六	23 廿七	24 廿八	25 廿九	26 初一
27 龙头节	28 初三					

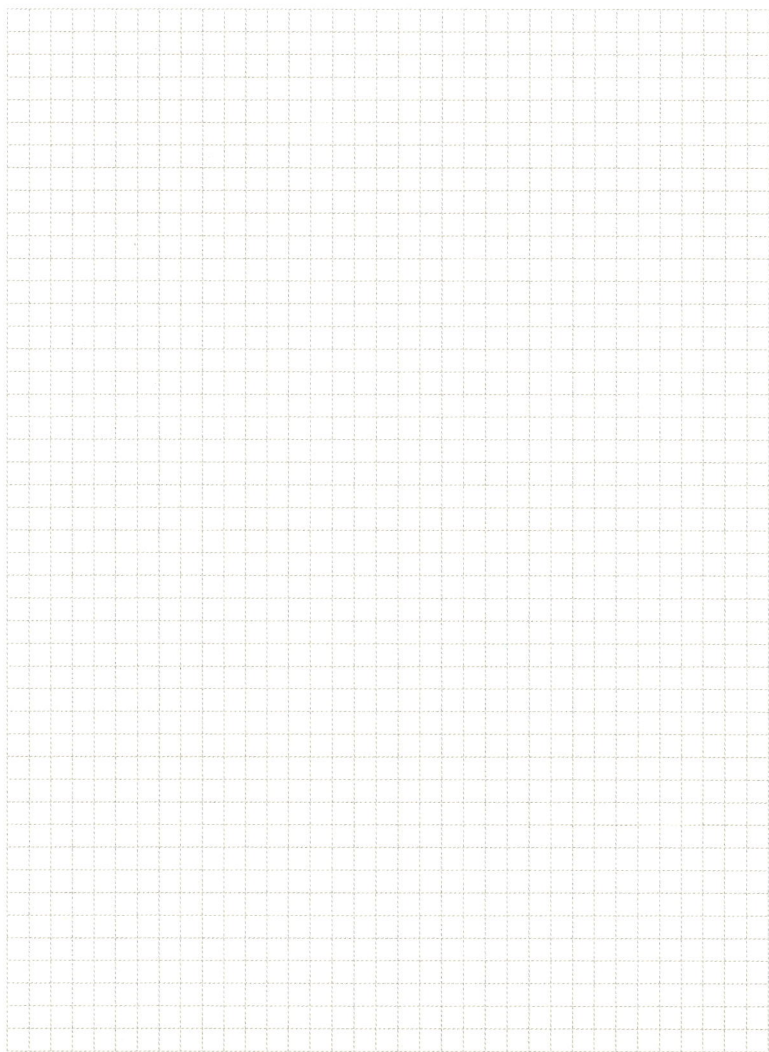

February

02

	Mon.	Tues.
	13 十七	14 情人节
	Wed.	Thur.
	15 十九	16 二十
	Fri.	Sat.
	17 廿一	18 廿二
	Sun.	
	19 廿三	

note

note

一	二	三	四	五	六	日
30 初二	31 初四	1 初五	2 雨地日	3 立春	4 初八	5 初九
6 初十	7 十一	8 十二	9 十三	10 十四	11 元宵节	12 十六
13 十七	14 情人节	15 十九	16 二十	17 廿一	18 雨水	19 廿三
20 廿四	21 廿五	22 廿六	23 廿七	24 廿八	25 廿九	26 初一
27 龙头节	28 初三					

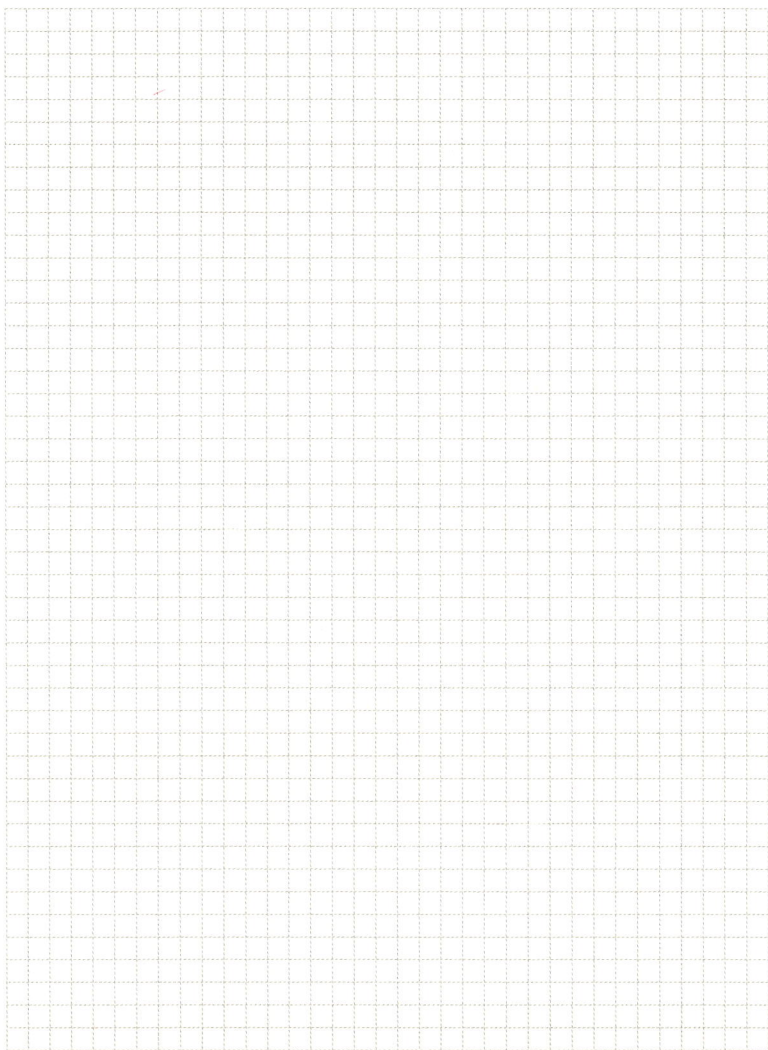

February

02

Mon.	Tues.
20	21
廿四	廿五

Wed.	Thur.
22	23
廿六	廿七

Fri.	Sat.
24	25
廿八	廿九

Sun.	
26	
初一	

note

note

一	二	三	四	五	六	日
30 初三	31 初四	1 初五	2 湿地日	3 立春	4 初八	5 初九
6 初十	7 十一	8 十二	9 十三	10 十四	11 元宵节	12 十六
13 十七	14 情人节	15 十九	16 二十	17 廿一	18 雨水	19 廿三
20 廿四	21 廿五	22 廿六	23 廿七	24 廿八	25 廿九	26 初一
27 龙头节	28 初三					

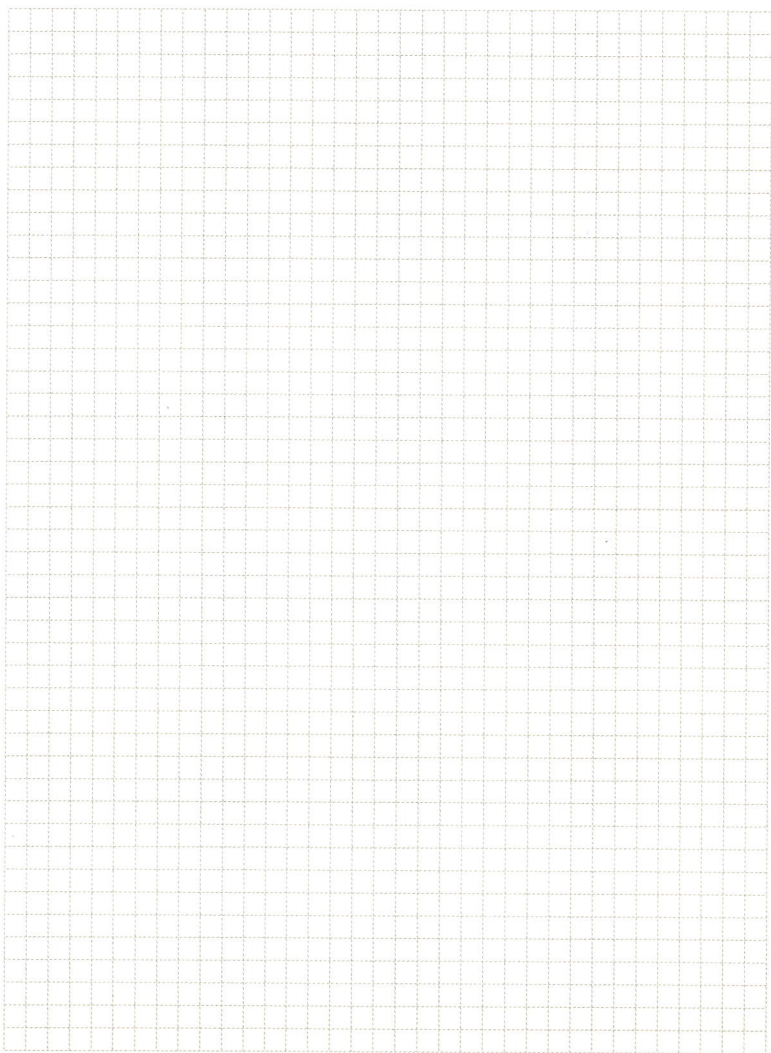

03

3 月 6 日—12 日
酒鬼生日周

发微博带上 # 酒鬼一家手账 # 这一话题，并 @ 国民老岳父公，PO 上和酒鬼一样的睡觉姿势的任意相似物品和自己的萌宠。点赞数最多者，即可获得酒鬼抱枕哟！

3 月 13 日—19 日
大腚生日周

发微博 @ 国民老岳父公，带话题 # 酒鬼一家手账 #，写上对大腚的祝福，即有机会获得大腚的爪印哟！

Mon.	Tues.	Wed.
27 初二	28 初三	1 初四
6 初九 ⭐	7 初十	8 十一
13 十六 ⭐	14 十七	15 十八
20 廿三	21 廿四	22 廿五
27 三十	28 初一	29 初二

Fri.	Sat.	Sun.
3 初六	4 初七	5 初八
10 十三	11 十四	12 十五 ☆
17 二十	18 廿一	19 廿二 ☆
24 廿七	25 廿八	26 廿九
31 初四		

March

03

Mon.	Tues.
27	28
初二	初三

Wed.	Thur.
1	2
初四	初五

note

Fri.	Sat.
3	4
初六	初七

Sun.	
5	
初八	

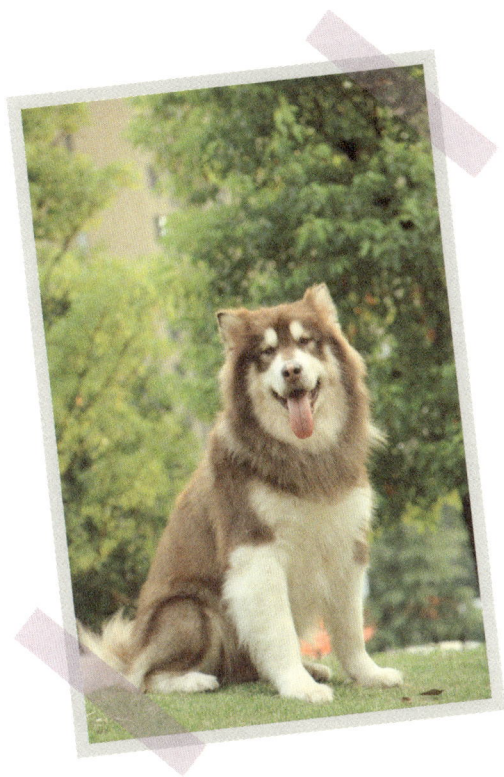

一	二	三	四	五	六	日
27 廿九节	28 初三	1 初四	2 初五	3 初六	4 初七	5 惊蛰
6 初九	7 初十	8 妇女节	9 十二	10 十三	11 十四	12 植树节
13 十六	14 十七	15 消费者权益日	16 十九	17 二十	18 廿一	19 廿二
20 春分	21 廿四	22 廿五	23 廿六	24 廿七	25 廿八	26 廿九
27 三十	28 初一	29 初二	30 初三	31 初四		

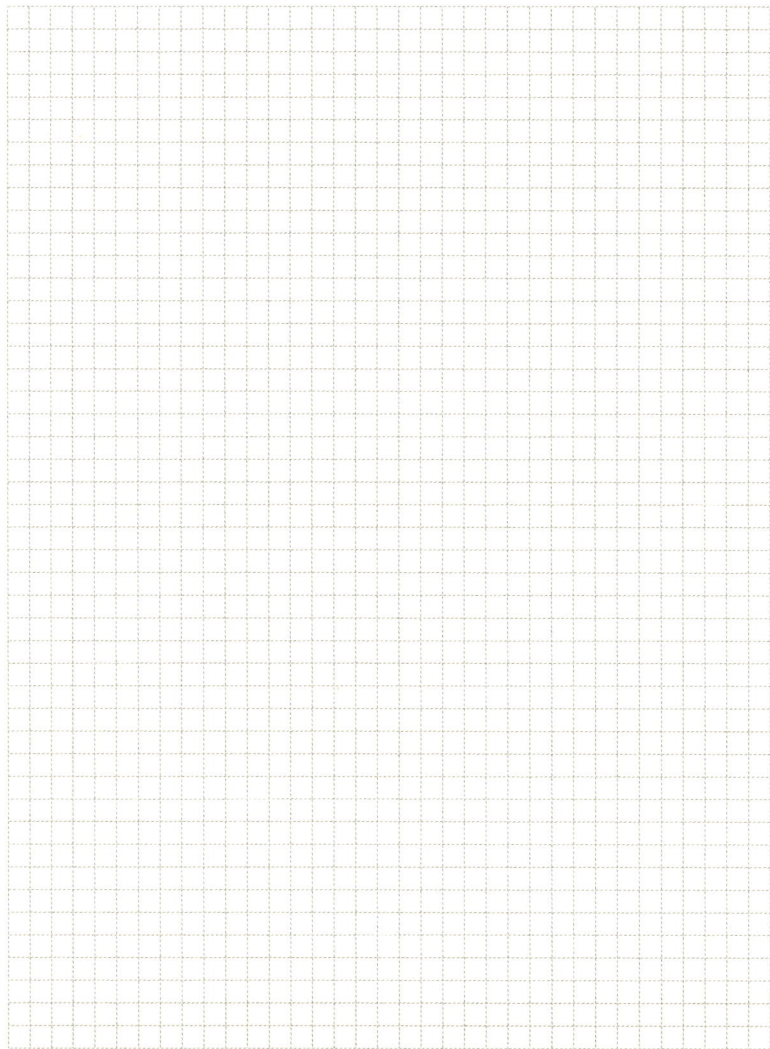

March

03

	Mon. 6 初九	Tues. 7 初十
	Wed. 8 十一	Thur. 9 十二

note

	Fri. 10 十三	Sat. 11 十四
	Sun. 12 十五 酒鬼生日	

把你对酒鬼的祝
福，写（画）在右手
页哟！

一	二	三	四	五	六	日
27 龙头节	28 初三	1 初四	2 初五	3 初六	4 初七	5 惊蛰
6 初九	7 初十	8 妇女节	9 十二	10 十三	11 十四	12 植树节
13 十六	14 十七	15 消费者权益日	16 十九	17 二十	18 廿一	19 廿二
20 春分	21 廿四	22 廿五	23 廿六	24 廿七	25 廿八	26 廿九
27 三十	28 初一	29 初二	30 初三	31 初四		

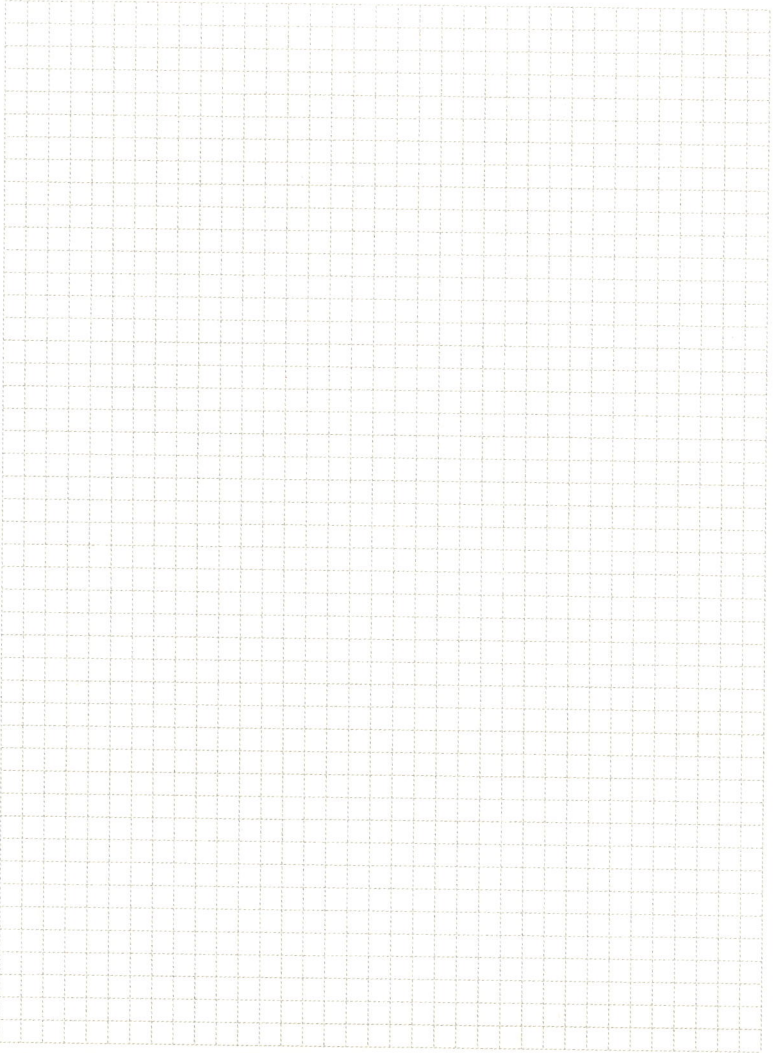

March

03

Mon.	**Tues.**
13	14
十六	十七

Wed.	**Thur.**
15	16
十八	十九

Fri.	**Sat.**
17	18
二十	廿一

Sun.
19
廿二

一	二	三	四	五	六	日
27 立春节	28 初二	1 初四	2 初五	3 初六	4 初七	5 惊蛰
6 初九	7 初十	8 妇女节	9 十二	10 十三	11 十四	12 植树节
13 十六	14 十七	15 消费者权益日	16 十九	17 二十	18 廿一	19 廿二
20 春分	21 廿四	22 廿五	23 廿六	24 廿七	25 廿八	26 廿九
27 三十	28 初一	29 初二	30 初三	31 初四		

March

03

Mon.	Tues.
20	21
廿三	廿四

Wed.	Thur.
22	23
廿五	廿六

Fri.	Sat.
24	25
廿七	廿八

Sun.
26
廿九

一	二	三	四	五	六	日
27 龙头节	28 初三	1 初四	2 初五	3 初六	4 初七	5 惊蛰
6 初九	7 初十	8 妇女节	9 十二	10 十三	11 十四	12 植树节
13 十六	14 十七	15 消费者权益日	16 十九	17 二十	18 廿一	19 廿二
20 春分	21 廿四	22 廿五	23 廿六	24 廿七	25 廿八	26 廿九
27 三十	28 初一	29 初二	30 初三	31 初四		

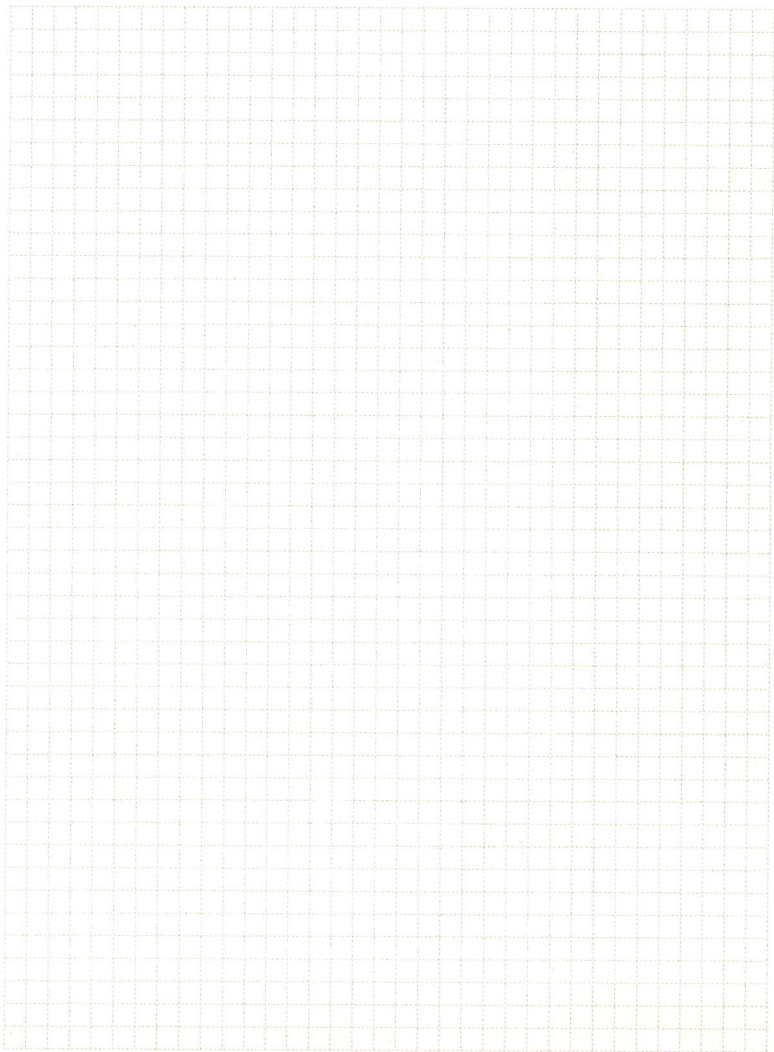

April	Mon.	Tues.	Wed.
04	27 三十	28 初一	29 初二
	3 初七	4 初八	5 初九
	10 十四	11 十五	12 十六
	17 廿一	18 廿二	19 廿三
	24 廿八	25 廿九	26 初一

Fri.	Sat.	Sun.
31 初四	1 愚人节	2 初六
7 十一	8 十二	9 十三
14 十八	15 十九	16 二十
21 廿五	22 廿六	23 廿七
28 初三	29 初四	30 初五

April

04

Mon.	**Tues.**
27	28
三十	初一
Wed.	**Thur.**
29	30
初二	初三
Fri.	**Sat.**
31	1
初四	愚人节
Sun.	
2	
初六	

一	二	三	四	五	六	日
27 二十	28 廿一	29 初二	30 初三	31 初四	1 愚人节	2 初六
3 初七	4 清明	5 初九	6 初十	7 十一	8 十二	9 十三
10 十四	11 十五	12 十六	13 十七	14 十八	15 十九	16 二十
17 廿一	18 廿二	19 廿三	20 谷雨	21 廿五	22 地球日	23 廿七
24 廿八	25 廿九	26 初一	27 初二	28 初三	29 初四	30 初五

April

04

Mon.	**Tues.**
3 初七	4 初八
Wed.	**Thur.**
5 初九	6 初十
Fri.	**Sat.**
7 十一	8 十二
Sun.	
9 十三	

note

有了墨爷，我的生活好像也在不知不觉中改变了很多。之前有人问过我，养狗之前和养狗之后有什么区别。其实，就是心底里多了一处柔软和一份牵挂，或者是，一份归属。

但是那时候我内心对墨爷一直是觉得亏欠的，因为她的世界只有我，而我白天工作没时间陪她。墨爷是一只性格淡然的狗，但每天下班回家我都可以看到她露出欣喜的眼神，这种眼神让我无法直视，这种眼神太亮，直接照到我内心那阴暗的角落，让我的愧疚暴露了出来。

经过深思熟虑和对自己经济状况的评估后，我决定再养一只狗来陪墨爷。现在回想起来，也许我当时的决定对酒鬼来说有点不公平，但是事实就是这样，墨爷陪着我，我再养一只狗来陪墨爷，我们三个也可以抱团取暖。

关注我的人都知道我经常会跟我的三只狗玩左右手的游戏。其实，酒鬼的到来是我跟墨爷商量并且征得她的同意的。

2014 年 4 月的某一天，我说：墨爷，我再给你带回来一只小伙伴吧，你同意就给我左手，不同意就给我右手。然后墨爷缓缓地抬起她的左手递给了我……

也许，很多人会觉得，这只是一个游戏、一个巧合，可是，对于我来讲，他们，什么都懂……

所以，我总是会将他们放在与我平等的位置上。

note

一	二	三	四	五	六	日
27 三十	28 初一	29 初二	30 初三	31 初四	1 愚人节	2 初六
3 初七	4 清明	5 初九	6 初十	7 十一	8 十二	9 十三
10 十四	11 十五	12 十六	13 十七	14 十八	15 十九	16 二十
17 廿一	18 廿二	19 廿三	20 谷雨	21 廿五	22 地球日	23 廿七
24 廿八	25 廿九	26 初一	27 初二	28 初三	29 初四	30 初五

April

04

Mon.	Tues.
10	11
十四	十五

Wed.	Thur.
12	13
十六	十七

Fri.	Sat.
14	15
十八	十九

Sun.	
16	
二十	

note

April

04

note

一	二	三	四	五	六	日
27 三十	28 初一	29 初二	30 初三	31 初四	1 愚人节	2 初六
3 初七	4 清明	5 初九	6 初十	7 十一	8 十二	9 十三
10 十四	11 十五	12 十六	13 十七	14 十八	15 十九	16 二十
17 廿一	18 廿二	19 廿三	20 谷雨	21 廿五	22 地球日	23 廿七
24 廿八	25 廿九	26 初一	27 初二	28 初三	29 初四	30 初五

April

04

Mon.	**Tues.**
17	18
廿一	廿二

Wed.	**Thur.**
19	20
廿三	廿四

Fri.	**Sat.**
21	22
廿五	廿六

Sun.	
23	
廿七	

一	二	三	四	五	六	日
27 三十	28 初一	29 初二	30 初三	31 初四	1 愚人节	2 初六
3 初七	4 清明	5 初九	6 初十	7 十一	8 十二	9 十三
10 十四	11 十五	12 十六	13 十七	14 十八	15 十九	16 二十
17 廿一	18 廿二	19 廿三	20 谷雨	21 廿五	22 地球日	23 廿七
24 廿八	25 廿九	26 初一	27 初二	28 初三	29 初四	30 初五

April

04

Mon.	**Tues.**
24	25
廿八	廿九

Wed.	**Thur.**
26	27
初一	初二

note

Fri.	**Sat.**
28	29
初三	初四

Sun.

30
初五

一	二	三	四	五	六	日
27 三十	28 初一	29 初二	30 初三	31 初四	1 愚人节	2 初六
3 初七	4 清明	5 初九	6 初十	7 十一	8 十二	9 十三
10 十四	11 十五	12 十六	13 十七	14 十八	15 十九	16 二十
17 廿一	18 廿二	19 廿三	20 谷雨	21 廿五	22 地球日	23 廿七
24 廿八	25 廿九	26 初一	27 初二	28 初三	29 初四	30 初五

May	Mon.	Tues.	Wed.
05	1 劳动节	2 初七	3 初八
	8 十三	9 十四	10 十五
	15 二十	16 廿一	17 廿二
	22 廿七	23 廿八	24 廿九
	29 初四	30 端午节	31 初六

Fri.	Sat.	Sun.
5 初十	6 十一	7 十二
12 十七	13 十八	14 十九
19 廿四	20 廿五	21 廿六
26 初一	27 初二	28 初三

May

05

	Mon.	Tues.
	1	2
	劳动节	初七

Wed.	Thur.
3	4
初八	五四青年节

Fri.	Sat.
5	6
初十	十一

Sun.	
7	
十二	

note

一	二	三	四	五	六	日
1 劳动节	2 初七	3 初八	4 五四青年节	5 立夏	6 十一	7 十二
8 十三	9 十四	10 十五	11 十六	12 护士节	13 十八	14 母亲节
15 二十	16 廿一	17 廿二	18 博物馆日	19 廿四	20 廿五	21 小满
22 廿七	23 廿八	24 廿九	25 三十	26 初一	27 初二	28 初三
29 初四	30 端午节	31 初六				

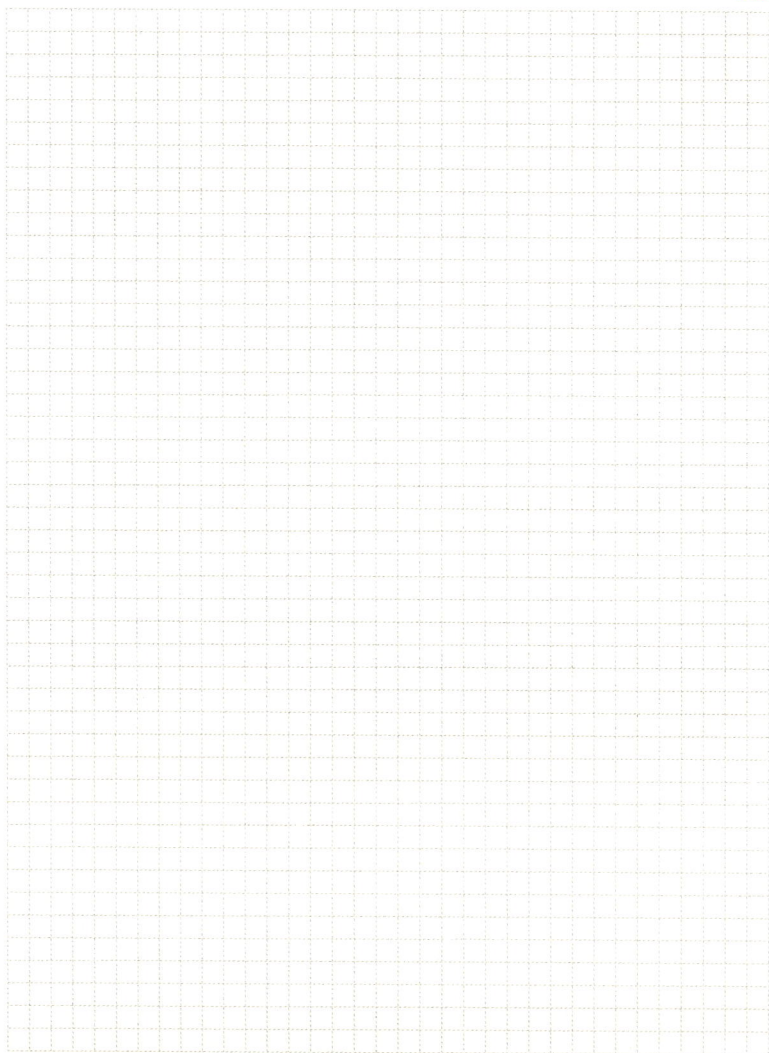

05

Mon.	Tues.
8	9
十三	十四

Wed.	Thur.
10	11
十五	十六

note

Fri.	Sat.
12	13
十七	十八
酒鬼回家	

Sun.	
14	
十九	
酒鬼肠胃炎	

　　我抱回了两个月大的酒鬼。酒鬼之所以叫酒鬼，因为他从小就胖乎乎的，走起路来还摇摇晃晃的，就像喝醉了酒的醉汉，又像是个行走的酒坛子。5 月 12 日，512，我还笑称这个日子为"我要儿"。

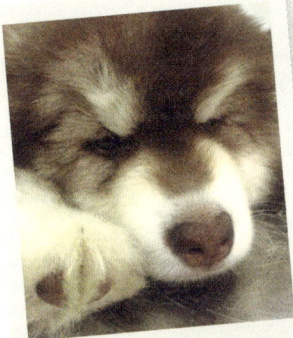

　　酒鬼刚刚到家里两天就生病了，感觉上是肠胃炎，上吐下泻的，很可怜，吓得我赶紧带他去医院检查，正如我所推测的那样是肠胃炎，不过还好酒鬼身体底子好，打了两天针，18 日就痊愈了，从那以后我就更加注意他们的饮食，确保他们摄取全面的营养，避开他们过敏的食物，更加不会刺激他们的肠胃。

note

一	二	三	四	五	六	日
1 劳动节	**2** 初七	**3** 初八	**4** 五四青年节	**5** 立夏	**6** 十一	**7** 十二
8 十三	**9** 十四	**10** 十五	**11** 十六	**12** 护士节	**13** 十八	**14** 母亲节
15 二十	**16** 廿一	**17** 廿二	**18** 博物馆日	**19** 廿四	**20** 廿五	**21** 小满
22 廿七	**23** 廿八	**24** 廿九	**25** 三十	**26** 初一	**27** 初二	**28** 初三
29 初四	**30** 端午节	**31** 初六				

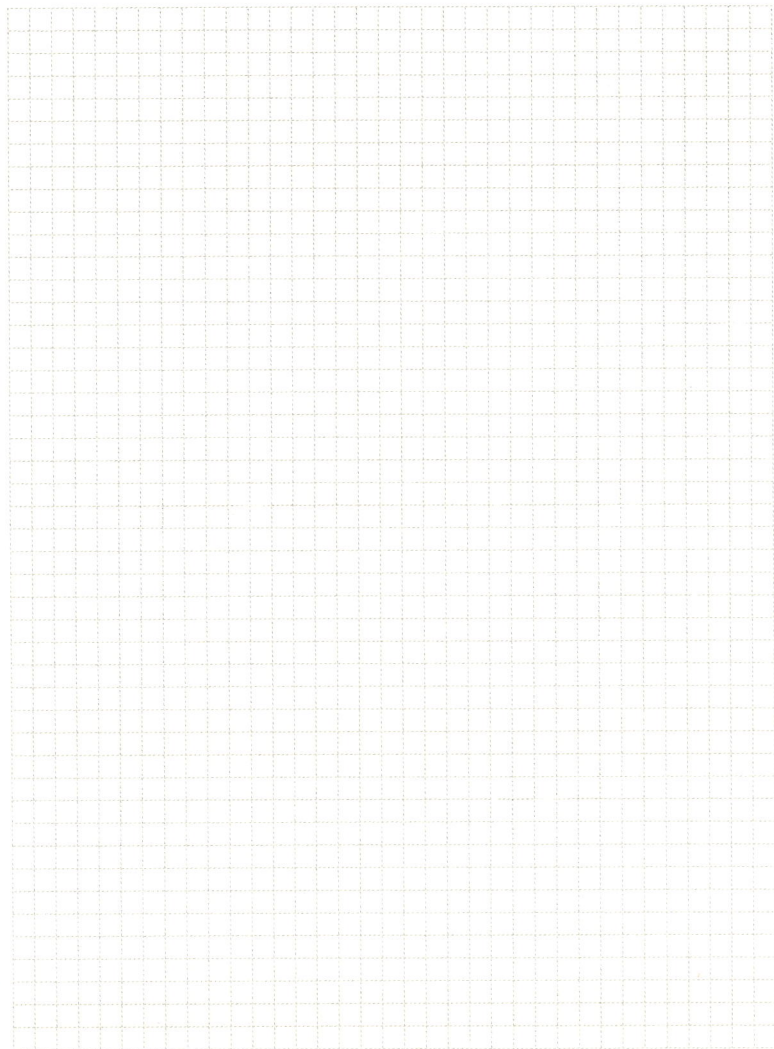

May

Mon.
15
二十

Tues.
16
廿一

05

Wed.
17
廿二

Thur.
18
廿三

酒鬼肠胃炎痊愈

Fri.
19
廿四

Sat.
20
廿五

第一次给酒鬼
洗澡

Sun.
21
廿六

　　今天是情侣都在你侬我侬的日子，而我，在家给酒鬼洗澡。湿漉漉的酒鬼看起来瘦瘦小小的，特别可爱。

一	二	三	四	五	六	日
1 劳动节	2 初七	3 初八	4 五四青年节	5 立夏	6 十一	7 十二
8 十三	9 十四	10 十五	11 十六	12 护士节	13 十八	14 母亲节
15 二十	16 廿一	17 廿二	18 博物馆日	19 廿四	20 廿五	21 小满
22 廿七	23 廿八	24 廿九	25 三十	26 初一	27 初二	28 初三
29 初四	30 端午节	31 初六				

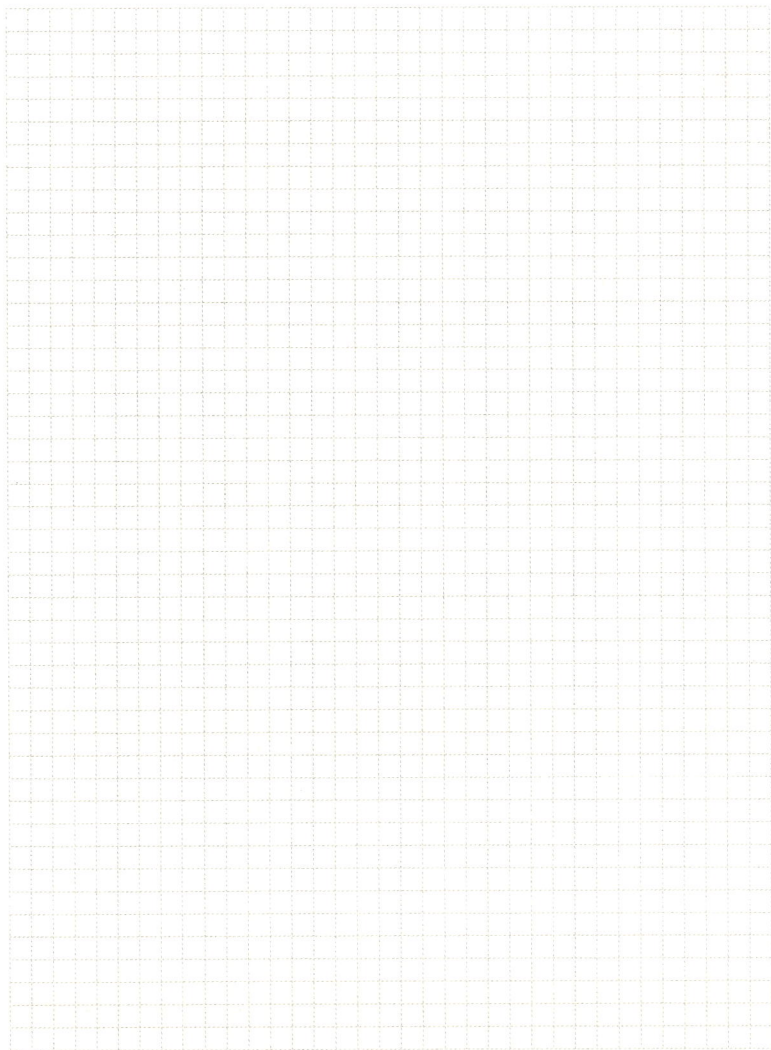

05

Mon.	Tues.
22	23
廿七	廿八

Wed.	Thur.
24	25
廿九	三十

Fri.	Sat.
26	27
初一	初二

Sun.
28
初三

May

05

note

一	二	三	四	五	六	日
1 劳动节	**2** 初七	**3** 初八	**4** 五四青年节	**5** 立夏	**6** 十一	**7** 十二
8 十三	**9** 十四	**10** 十五	**11** 十六	**12** 护士节	**13** 十八	**14** 母亲节
15 二十	**16** 廿一	**17** 廿二	**18** 博物馆日	**19** 廿四	**20** 廿五	**21** 小满
22 廿七	**23** 廿八	**24** 廿九	**25** 三十	**26** 初一	**27** 初二	**28** 初三
29 初四	**30** 端午节	**31** 初六				

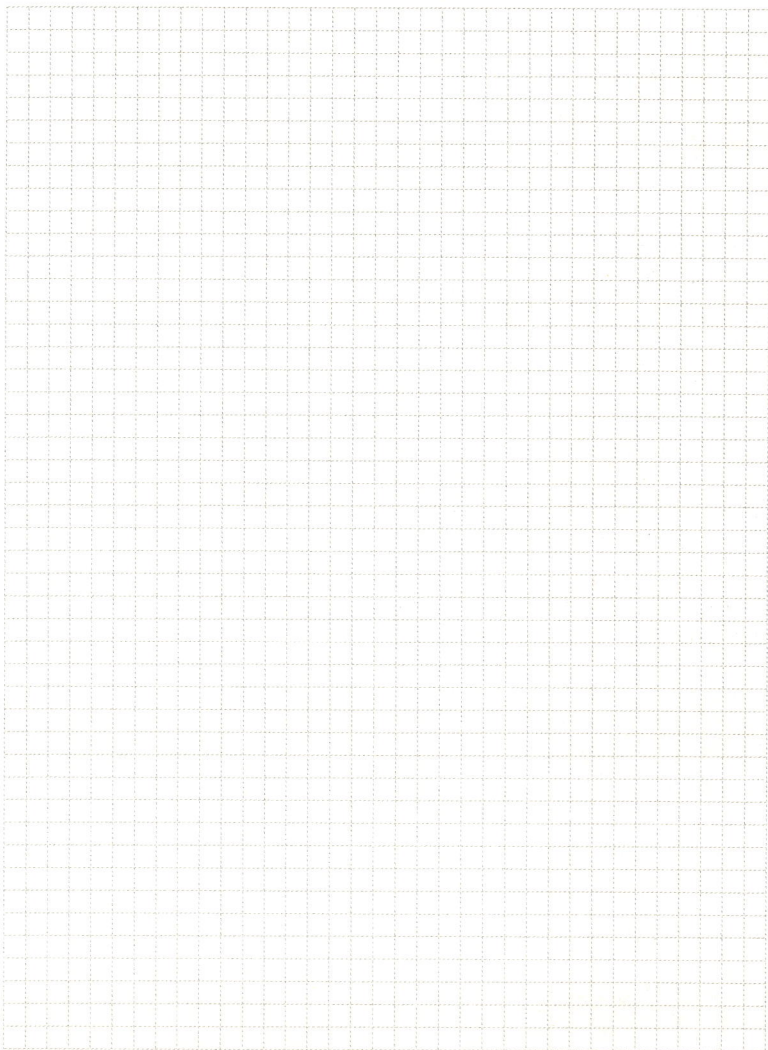

06

5月29日—6月4日
充满创意与童真的儿童节！

在手账上画出你心目中
最有创意的边框，拍照
发到微博上，带话题＃酒
鬼一家手账＃并＠国民
老岳父公，点赞数最高
者，设计出的创意边框将
会被做成胶带抽奖哟！

6月5日—11日
撕家生日周

发微博＠国民老岳父公，
带话题＃酒鬼一家手账
＃，写上对撕家宝宝的祝
福，并分享自己身边与
撕家宝宝相关的照片，
例如手机屏幕、电脑壁
纸。（一定要附赠高清
无水印原图哟！）

Mon.	Tues.	Wed.
29 初四	30 端午节	31 初六
5 十一	6 十二	7 十三
12 十八	13 十九	14 二十
19 廿五	20 廿六	21 廿七
26 初三	27 初四	28 初五

Fri.	Sat.	Sun.
2 初八	3 初九	4 初十 ☆
9 十五	10 十六	11 十七 ☆
16 廿二	17 廿三	18 廿四
23 廿九	24 初一	25 初二
30 初七		

June

06

Mon.	Tues.
29	30
初四	端午节

Wed.	Thur.
31	1
初六	儿童节

Fri.	Sat.
2	3
初八	初九

Sun.	
4	
初十	

一	二	三	四	五	六	日
29 初五	30 端午节	31 初六	1 儿童节	2 初八	3 初九	4 初十
5 环境日	6 十二	7 十三	8 十四	9 十五	10 十六	11 十七
12 十八	13 十九	14 二十	15 廿一	16 廿二	17 廿三	18 父亲节
19 廿五	20 廿六	21 夏至	22 廿八	23 廿九	24 初一	25 初二
26 初三	27 初四	28 初五	29 初六	30 初七		

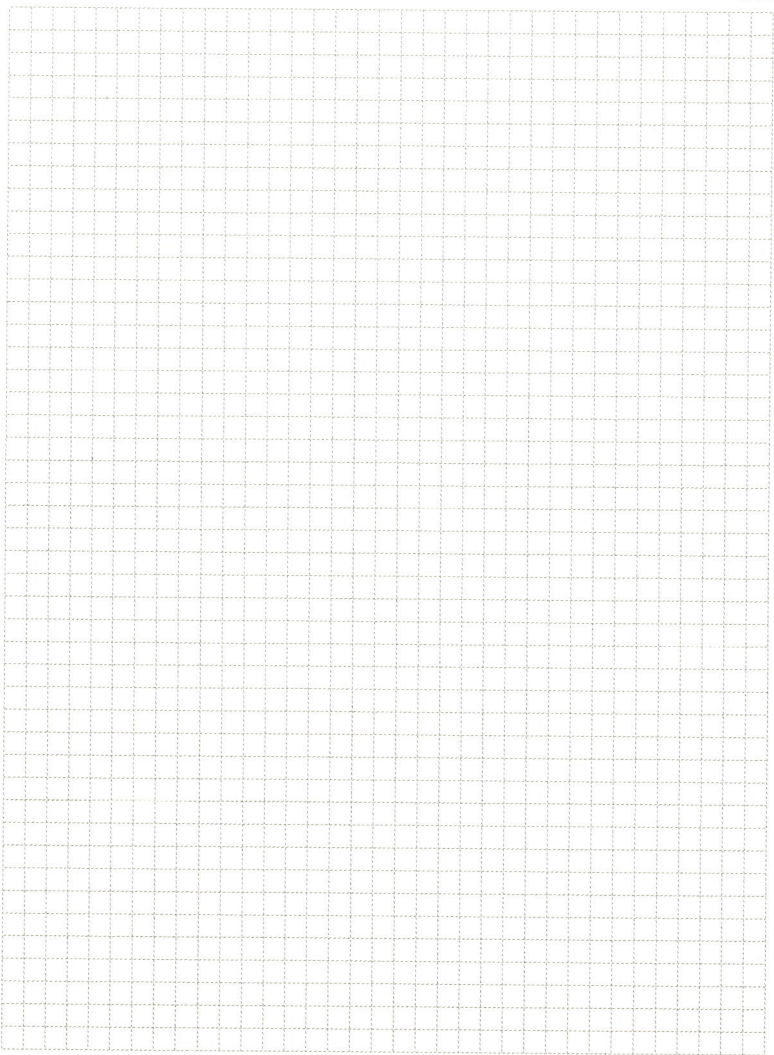

June

Mon.
5
十一

06

Tues.
6
十二

Wed.
7
十三

Thur.
8
十四

Fri.
9
十五

Sat.
10
十六

撕家生日

把你对撕家的生
日祝福，写（画）在
右手页哟！

Sun.
11
十七

一	二	三	四	五	六	日
29 初四	30 端午节	31 初六	1 儿童节	2 初八	3 初九	4 初十
5 环境日	6 十二	7 十三	8 十四	9 十五	10 十六	11 十七
12 十八	13 十九	14 二十	15 廿一	16 廿二	17 廿三	18 父亲节
19 廿五	20 廿六	21 夏至	22 廿八	23 廿九	24 初一	25 初二
26 初三	27 初四	28 初五	29 初六	30 初七		

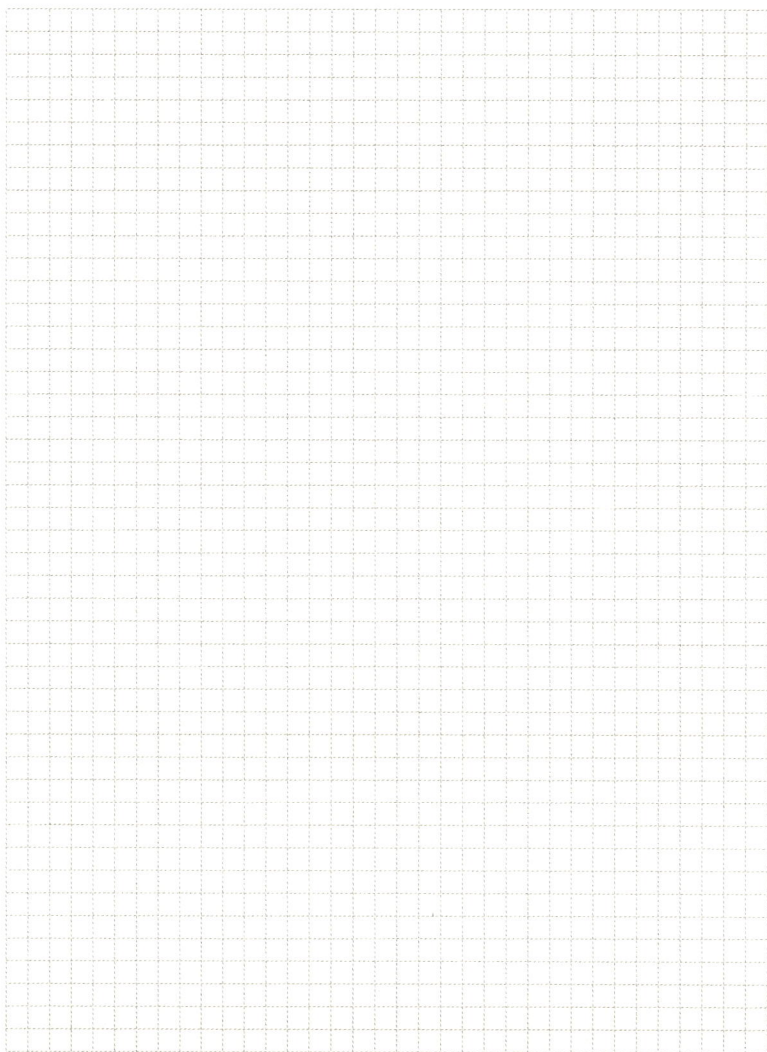

June

06

Mon.	**Tues.**
12	13
十八	十九

Wed.	**Thur.**
14	15
二十	廿一

note

Fri.	**Sat.**
16	17
廿二	廿三

Sun.	
18	
廿四	

开通微博

　　我开通了新浪微博。用来记录下他们成长的点滴，偶尔会放上一些小视频或者照片，没想到，被很多小伙伴喜爱。自此，有了"国民老岳父公"。

　　随着酒鬼和墨爷渐渐长大，我在武汉也稳定了下来。至于为什么养撕家呢？朋友说，养狗会上瘾。其实对那时的我来说，养两只跟养三只已经没有什么区别了。

一	二	三	四	五	六	日
29 初四	30 端午节	31 初六	1 儿童节	2 初八	3 初九	4 初十
5 环境日	6 十二	7 十三	8 十四	9 十五	10 十六	11 十七
12 十八	13 十九	14 二十	15 廿一	16 廿二	17 廿三	18 父亲节
19 廿五	20 廿六	21 夏至	22 廿八	23 廿九	24 初一	25 初二
26 初三	27 初四	28 初五	29 初六	30 初七		

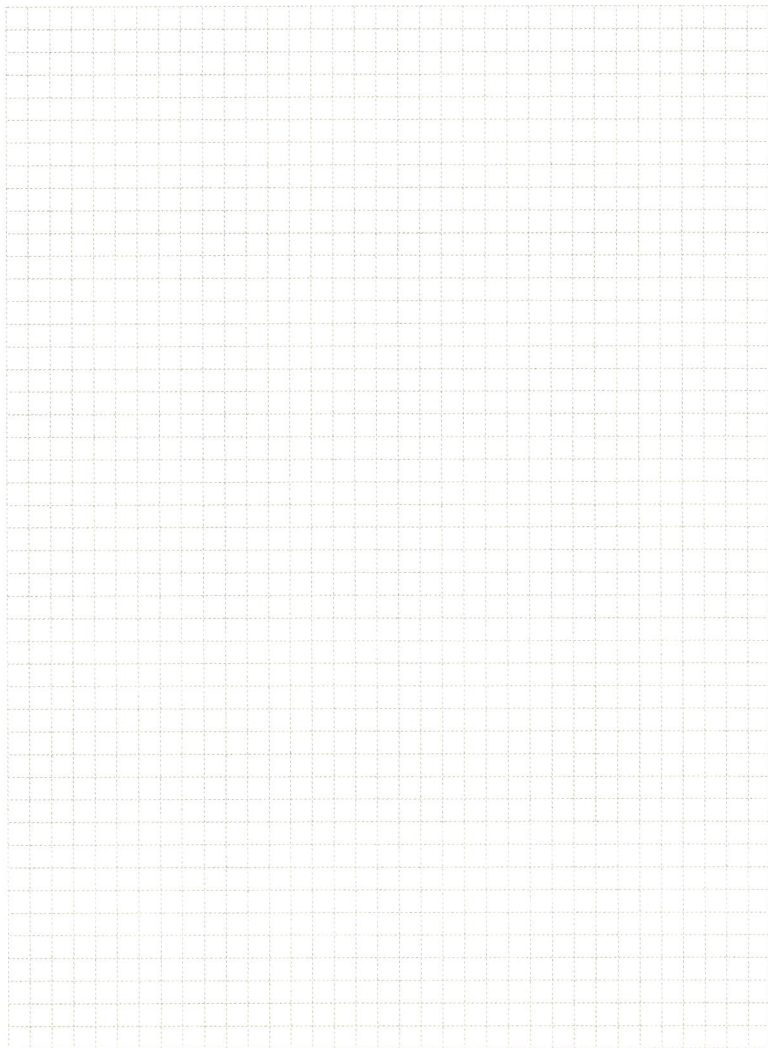

June

06

Mon.	Tues.
19	20
廿五	廿六

Wed.	Thur.
21	22
廿七	廿八

Fri.	Sat.
23	24
廿九	初一

工作室成立

Sun.
25
初二

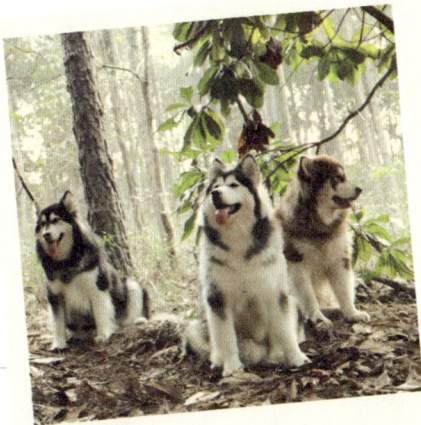

今天我自己的工作室成立啦!

一	二	三	四	五	六	日
29 初四	30 端午节	31 初六	1 儿童节	2 初八	3 初九	4 初十
5 环境日	6 十二	7 十三	8 十四	9 十五	10 十六	11 十七
12 十八	13 十九	14 二十	15 廿一	16 廿二	17 廿三	18 父亲节
19 廿五	20 廿六	21 夏至	22 廿八	23 廿九	24 初一	25 初二
26 初三	27 初四	28 初五	29 初六	30 初七		

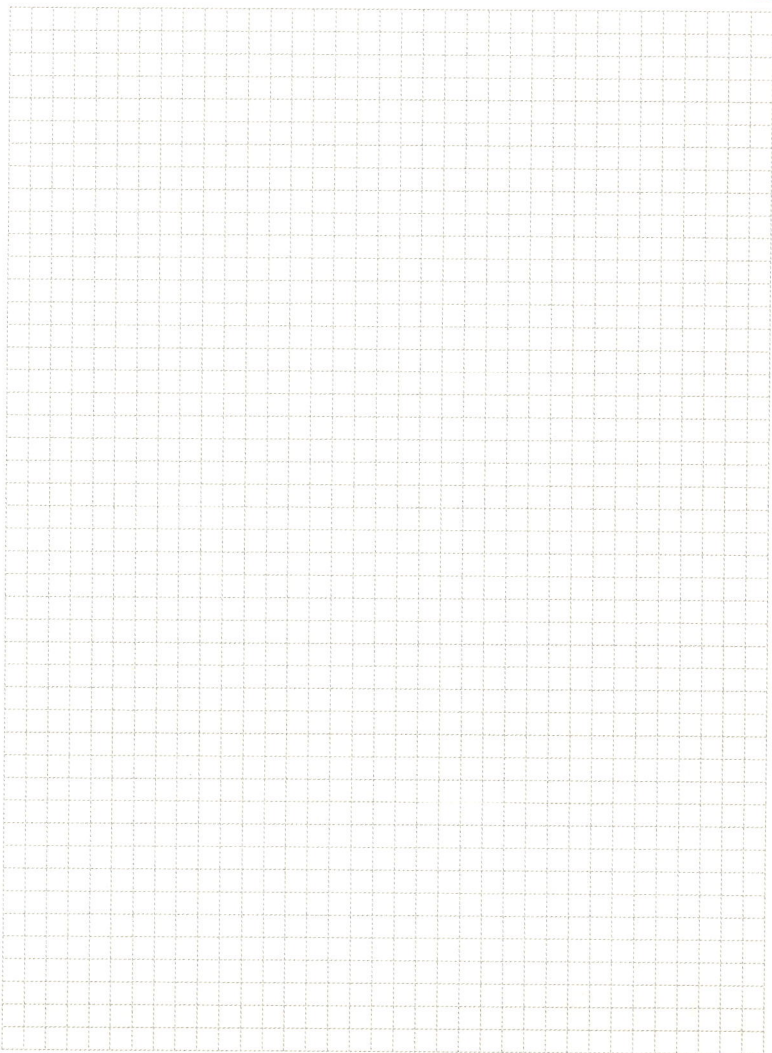

July	Mon.	Tues.	Wed.
	26 初三	27 初四	28 初五
07 7月17日—23日 墨爷生日周	3 初十	4 十一	5 十二
发微博@国民老岳父公，带话题＃酒鬼一家手账＃，写上对墨爷的生日祝福，并附上自己女神范的照片。	10 十七	11 十八	12 十九
	17 廿四 ⭐	18 廿五	19 廿六
	24 初二	25 初三	26 初四
	31 初九		

Fri.	Sat.	Sun.
30 初七	1 初八	2 初九
7 十四	8 十五	9 十六
14 廿一	15 廿二	16 廿三
21 廿八	22 廿九	23 初一 ☆
28 初六	29 初七	30 初八

07

Mon.	Tues.
26 初三	27 初四

酒鬼和墨爷
闹矛盾

Wed.	Thur.
28 初五	29 初六

Fri.	Sat.
30 初七	1 初八

Sun.
2 初九

note

我解锁了一项新技能，那就是弹小酒鬼，酒鬼如果能说话估计早跳起来骂死我了。那天晚上还发生了一件事，那就是我见证了墨爷和酒鬼第一次闹矛盾。罪魁祸首其实是一根骨头，酒鬼凶完墨爷就后悔了，默默地趴在一边一脸忧愁。

酒鬼刚来的时候，我会盯着他俩，生怕他们争东西闹矛盾。过了一段时间，我发现墨爷竟然瘦了很多，我很心疼也有些着急，偷偷地观察了几天，才发现每次吃饭的时候墨爷会让酒鬼先吃，酒鬼吃饱后墨爷再去吃。发现了这件事情的我，有点懊恼自己的粗心，也有点欣慰自己的女儿这么懂事。

July

07

note

一	二	三	四	五	六	日
26 初三	27 初四	28 初五	29 初六	30 初七	1 建党节	2 初九
3 初十	4 十一	5 十二	6 十三	7 小暑	8 十五	9 十六
10 十七	11 十八	12 十九	13 二十	14 廿一	15 廿二	16 廿三
17 廿四	18 廿五	19 廿六	20 廿七	21 廿八	22 大暑	23 初一
24 初二	25 初三	26 初四	27 初五	28 初六	29 初七	30 初八
31 初九						

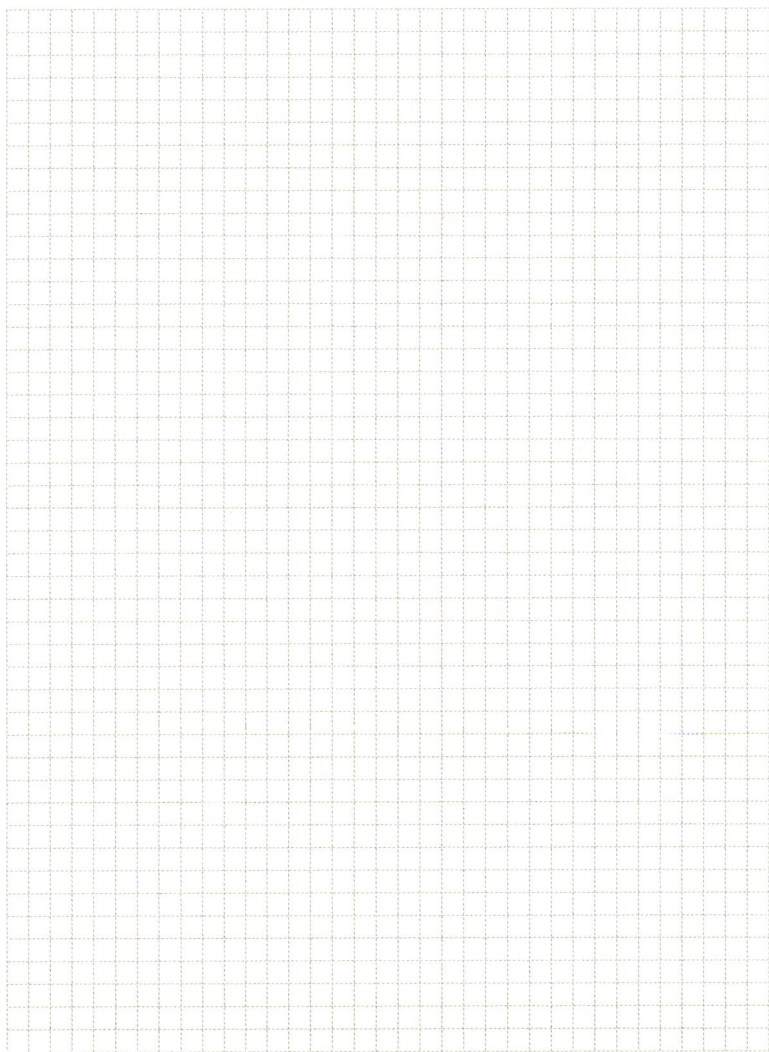

July

07

Mon.	Tues.
3	4
初十	十一

Wed.	Thur.
5	6
十二	十三

Fri.	Sat.
7	8
十四	十五

Sun.	
9	
十六	

note

note

一	二	三	四	五	六	日
26 初三	27 初四	28 初五	29 初六	30 初七	1 建党节	2 初九
3 初十	4 十一	5 十二	6 十三	7 小暑	8 十五	9 十六
10 十七	11 十八	12 十九	13 二十	14 廿一	15 廿二	16 廿三
17 廿四	18 廿五	19 廿六	20 廿七	21 廿八	22 大暑	23 初一
24 初二	25 初三	26 初四	27 初五	28 初六	29 初七	30 初八
31 初九						

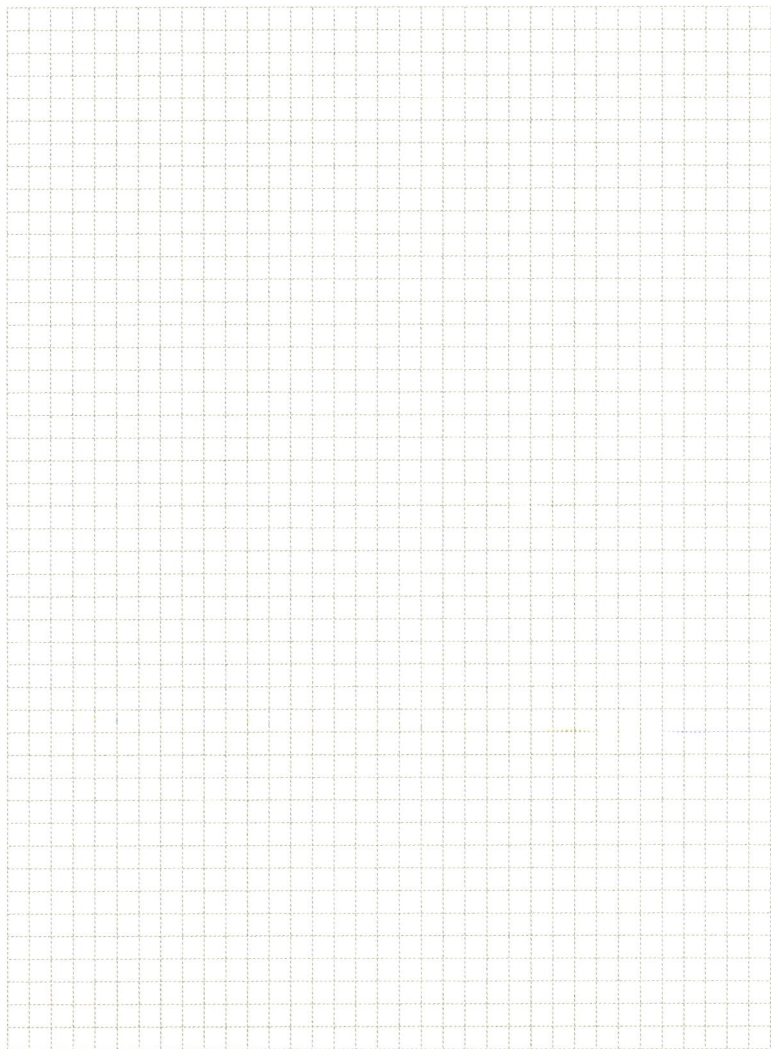

July

07

Mon.	**Tues.**
10 十七	11 十八
Wed.	**Thur.**
12 十九	13 二十

Fri.	**Sat.**
14 廿一	15 廿二
Sun.	
16 廿三	

　　酒鬼一点点长大，体形变得跟墨爷一样，后来慢慢超过了墨爷，我开始有些担心酒鬼会不会欺负墨爷。后来发现他们的相处模式还是跟从前一样，狗和狗之间的相处，也是妙不可言。

　　酒鬼还小的时候，我带他们出去散步，经常有一只金毛欺负墨爷，后来酒鬼长大了，看到那只金毛他就会将墨爷护在内侧，金毛吓得赶紧跑开，我还暗自腹诽希望酒鬼去帮墨爷"报仇"。

　　最让我刻骨铭心的，是那个雨天。

　　2015 年的某一个夜晚，我照常带着酒鬼和墨爷出去散步，我给酒鬼捡个屎的工夫，一转头就不见了墨爷的身影。我带着酒鬼满世界地找，可是始终没有找到那一抹墨色。

　　无法形容那时的心情，至今回想还心有余悸。

　　我和酒鬼找了几个小时，雨越下越大，我准备先带酒鬼回家，然后再自己出来找，但是酒鬼就是不愿意回去。跟酒鬼说了半天，硬拉着他往家的方向走，在家门口看到了浑身湿漉漉的墨爷，我冲过去毫无形象地抱着她号啕大哭。

　　那种丢失时的绝望和失而复得时的喜悦，至今还在我心头萦绕。

一	二	三	四	五	六	日
26 初三	27 初四	28 初五	29 初六	30 初七	1 建党节	2 初九
3 初十	4 十一	5 十二	6 十三	7 小暑	8 十五	9 十六
10 十七	11 十八	12 十九	13 二十	14 廿一	15 廿二	16 廿三
17 廿四	18 廿五	19 廿六	20 廿七	21 廿八	22 大暑	23 初一
24 初二	25 初三	26 初四	27 初五	28 初六	29 初七	30 初八
31 初九						

note

July

07

Mon.	Tues.
17	18
廿四	廿五

Wed.	Thur.
19	20
廿六	廿七
墨爷生日	

Fri.	Sat.
21	22
廿八	廿九

Sun.	
23	
初一	

一	二	三	四	五	六	日
26 初二	27 初四	28 初五	29 初六	30 初七	1 建党节	2 初九
3 初十	4 十一	5 十二	6 十三	7 小暑	8 十五	9 十六
10 十七	11 十八	12 十九	13 二十	14 廿一	15 廿二	16 廿三
17 廿四	18 廿五	19 廿六	20 廿七	21 廿八	22 大暑	23 初一
24 初二	25 初三	26 初四	27 初五	28 初六	29 初七	30 初八
31 初九						

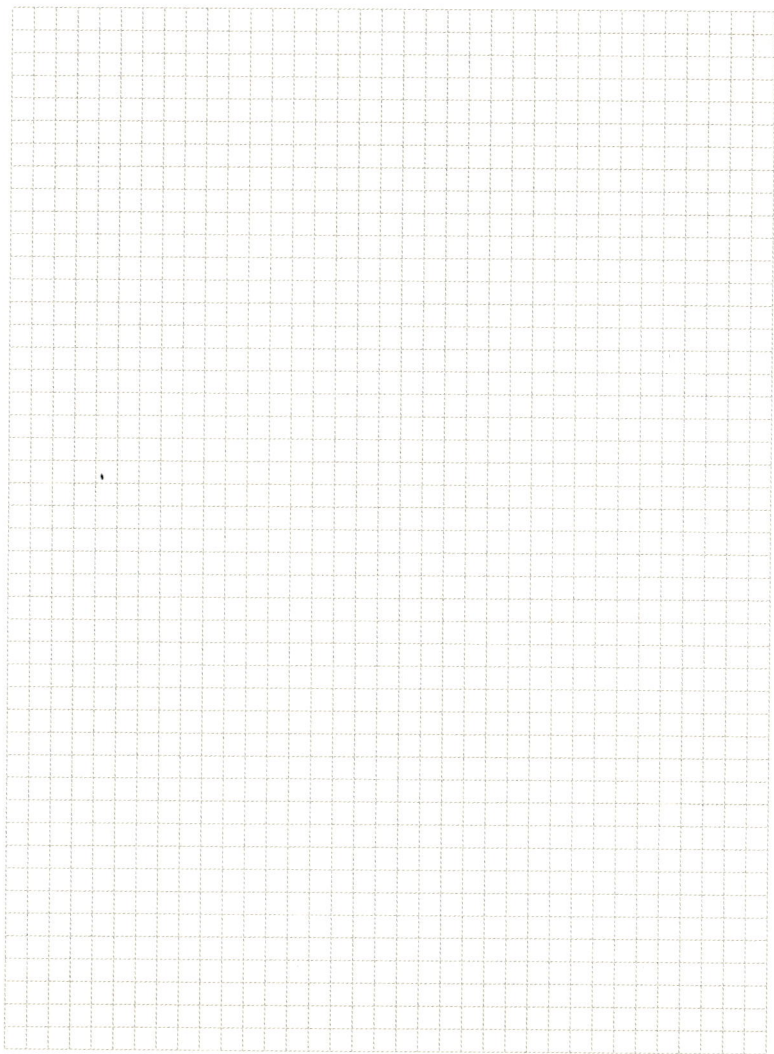

07

Mon.	Tues.
24 初二	25 初三

大腿回家

墨子绝育

Wed.	Thur.
26 初四	27 初五

Fri.	Sat.
28 初六	29 初七

Sun.	
30 初八	

note

不知不觉，已经一年多时间了，感觉好像过了好久好久。2015 年—2016 年，发生了很多事情，大家也陪着我们度过了很多重要的日子。

2016 年 3 月 12 日酒鬼两岁生日，6 月 10 日撕家一岁生日；我选择了将自己喜爱的东西发展成为自己的事业，2016 年 6 月我成立了自己的工作室，同年 7 月 19 日墨爷在大家的祝福中过了三岁生日；7 月 24 日，酒鬼一家加入了一只喵星人——大腔；2016 年 7 月 27 日墨爷绝育，她从手术室被推出来的那一刻我真的是泪如雨下，觉得一切都不重要，只要"酒鬼一家"好好地在一起，就是我最大的满足。

也总会有不一样的声音，我也迷茫过、难受过，也怀疑过自己所做的是不是对的。但是，只要有人告诉我，老岳父，我觉得你的东西对我有帮助，我就觉得一切都是值得的。

一	二	三	四	五	六	日
26 初三	27 初四	28 初五	29 初六	30 初七	1 建党节	2 初九
3 初十	4 十一	5 十二	6 十三	7 小暑	8 十五	9 十六
10 十七	11 十八	12 十九	13 二十	14 廿一	15 廿二	16 廿三
17 廿四	18 廿五	19 廿六	20 廿七	21 廿八	22 大暑	23 初一
24 初二	25 初三	26 初四	27 初五	28 初六	29 初七	30 初八
31 初九						

August	Mon.	Tues.	Wed.
08	31 初九	1 初十	2 十一
	7 十六	8 十七	9 十八
	14 廿三	15 廿四	16 廿五
	21 三十	22 初一	23 初二
	28 七夕节	29 初八	30 初九

Fri.	Sat.	Sun.
4 十三	5 十四	6 十五
11 二十	12 廿一	13 廿二
18 廿七	19 廿八	20 廿九
25 初四	26 初五	27 初六

08

Mon.
31
初九

Tues.
1
初十

召开家庭会议

Wed.
2
十一

Thur.
3
十二

Fri.
4
十三

Sat.
5
十四

撕家回家

Sun.
6
十五

撕家和墨爷、
酒鬼相互接受

撕家正式加入"酒鬼一家"，一回来就兴奋得满屋子撒丫子乱跑。

我又召开了一个家庭会议，依然是全票通过，墨爷和酒鬼都支持家里再来一个新成员。

记得那时候已经有一些小伙伴关注了我的微博，选撕家和给撕家起名字，都经过了小伙伴的投票。

今天酒鬼、墨爷和撕家接受了彼此，撕家已经开始拿酒鬼的尾巴当玩具了。

一	二	三	四	五	六	日
31 初九	1 建军节	2 十一	3 十二	4 十三	5 十四	6 十五
7 立秋	8 十七	9 十八	10 十九	11 二十	12 廿一	13 廿二
14 廿三	15 廿四	16 廿五	17 廿六	18 廿七	19 廿八	20 廿九
21 三十	22 初一	23 处暑	24 初三	25 初四	26 初五	27 初六
28 七夕节	29 初八	30 初九	31 初十			

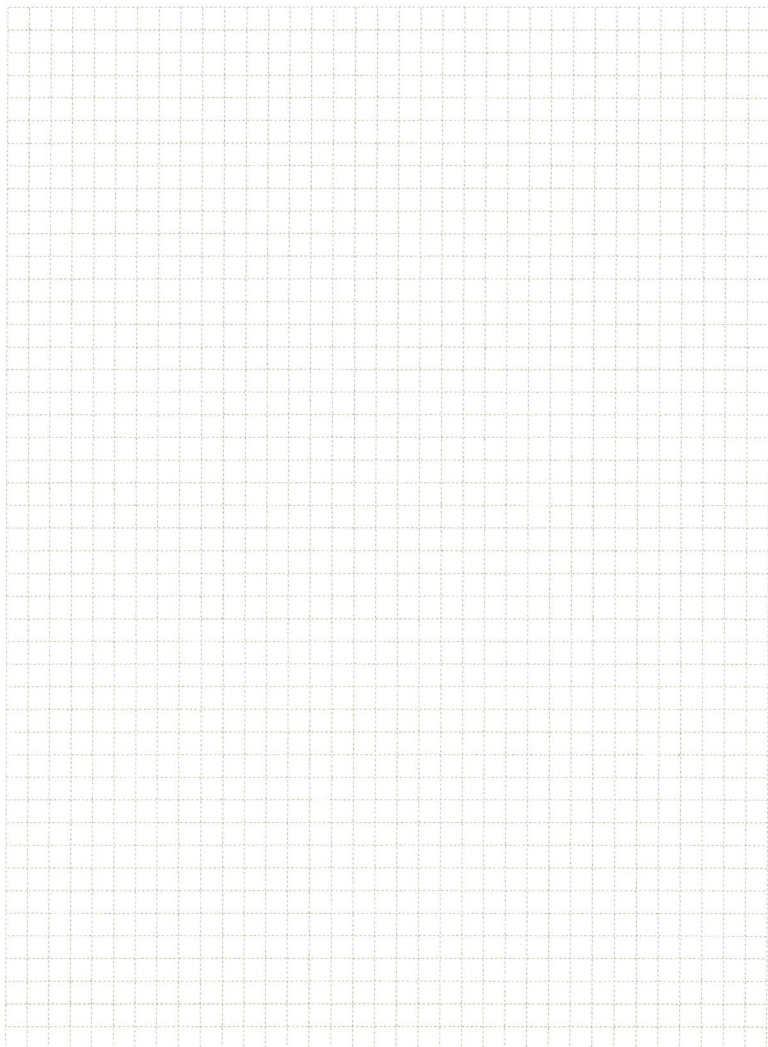

08

Mon.	Tues.
7	8
十六	十七

小家伙正式
命名为"撕家"

Wed.	Thur.
9	10
十八	十九

Fri.	Sat.
11	12
二十	廿一

Sun.	
13	
廿二	

note

　　小家伙正式命名为"撕家"。那之后的每一天，他们都陪在我身边，也彼此陪伴，并成长着。

　　随着微博的持续更新，越来越多的人喜欢他们，越来越多的小伙伴开始关注他们，起初我觉得很惶恐，生怕承受不起大家的喜爱。但是，我渐渐地学会了把这一切化作动力，尽力呈献给大家更好的东西，来回馈大家的厚爱。

一	二	三	四	五	六	日
31 初九	1 建军节	2 十一	3 十二	4 十三	5 十四	6 十五
7 立秋	8 十七	9 十八	10 十九	11 二十	12 廿一	13 廿二
14 廿三	15 廿四	16 廿五	17 廿六	18 廿七	19 廿八	20 廿九
21 三十	22 初一	23 处暑	24 初三	25 初四	26 初五	27 初六
28 七夕节	29 初八	30 初九	31 初十			

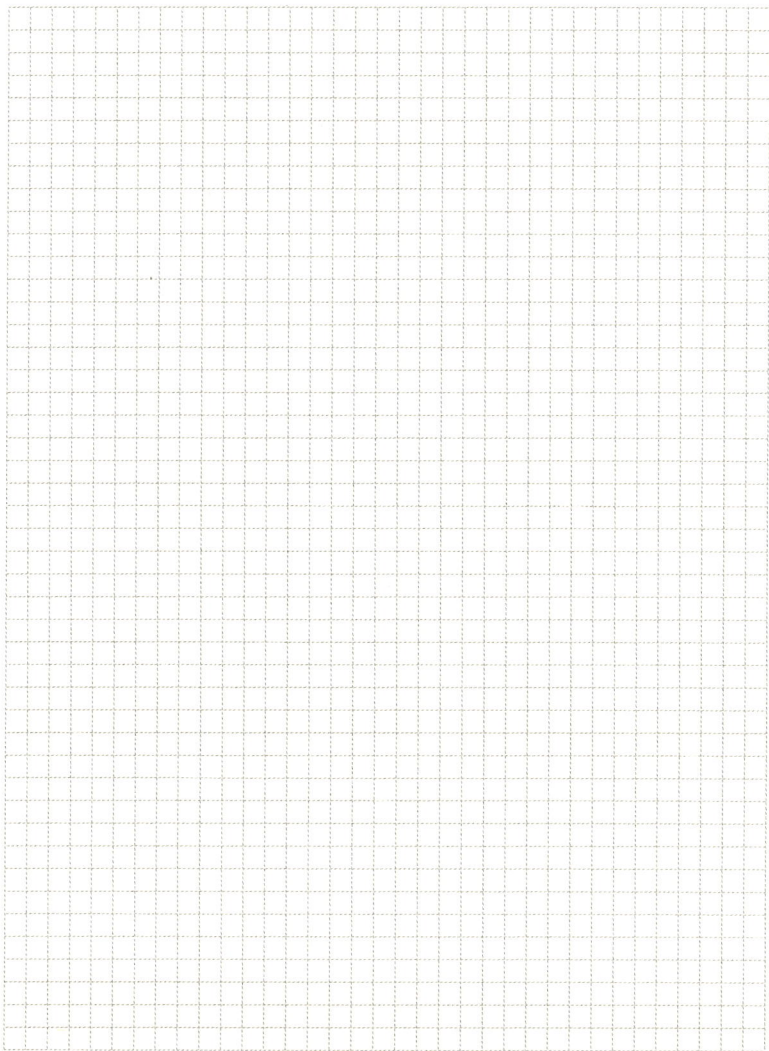

August

Mon.
14
廿三

Tues.
15
廿四

08

Wed.
16
廿五

Thur.
17
廿六

note

Fri.
18
廿七

Sat.
19
廿八

Sun.
20
廿九

一	二	三	四	五	六	日
31 初九	1 建军节	2 十一	3 十二	4 十三	5 十四	6 十五
7 立秋	8 十七	9 十八	10 十九	11 二十	12 廿一	13 廿二
14 廿三	15 廿四	16 廿五	17 廿六	18 廿七	19 廿八	20 廿九
21 三十	22 初一	23 处暑	24 初三	25 初四	26 初五	27 初六
28 七夕节	29 初八	30 初九	31 初十			

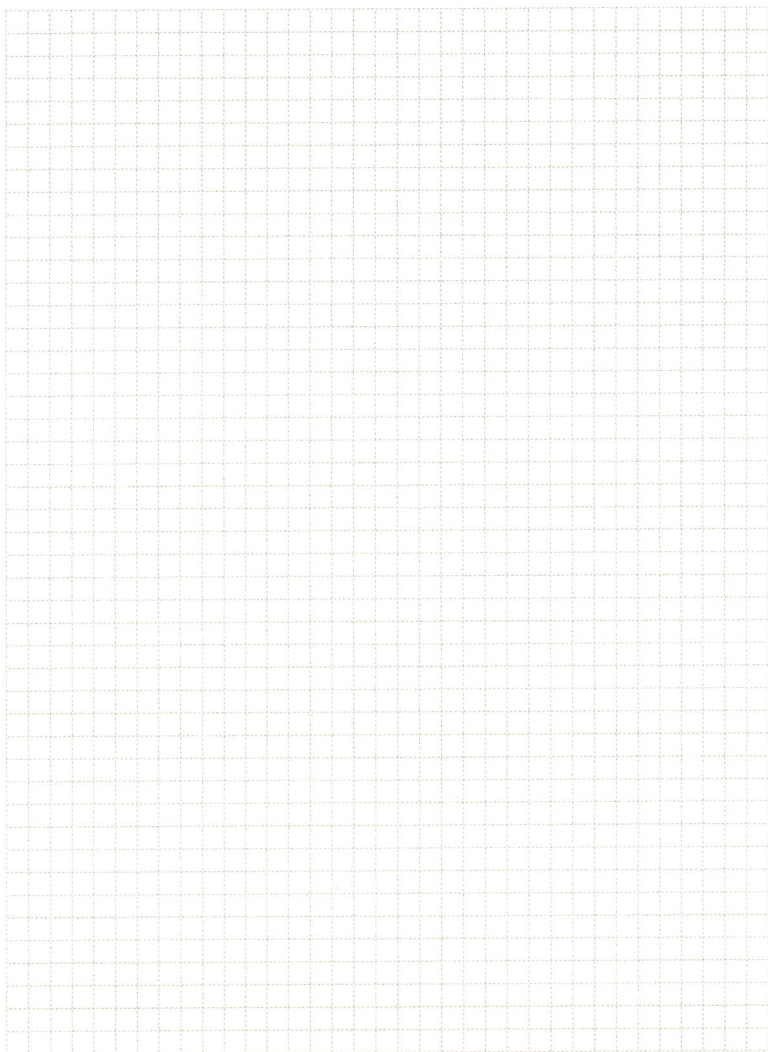

August

08

Mon. 21 三十	**Tues.** 22 初一
Wed. 23 初二	**Thur.** 24 初三
Fri. 25 初四	**Sat.** 26 初五
Sun. 27 初六	

note

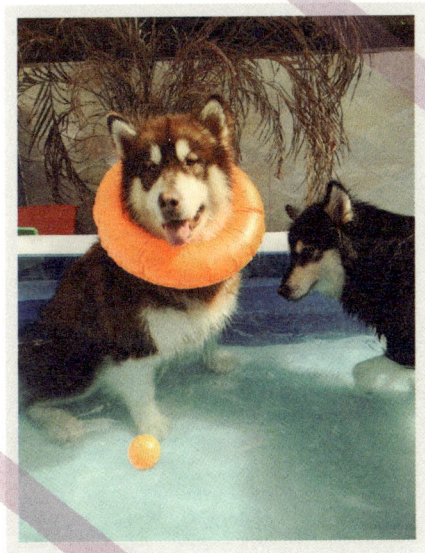

note

一	二	三	四	五	六	日
31	1	2	3	4	5	6
初八	建军节	十	十二	十三	十四	十五
7	8	9	10	11	12	13
立秋	十七	十八	十九	二十	廿一	廿二
14	15	16	17	18	19	20
廿三	廿四	廿五	廿六	廿七	廿八	廿九
21	22	23	24	25	26	27
三十	初一	处暑	初三	初四	初五	初六
28	29	30	31			
七夕节	初八	初九	初十			

09

8月28日—9月3日
开学啦，晒笔记了哟!

又是一年的开学季，在
手账上记下这一学期的
学习计划吧!
在微博上晒出自己的新年
学习计划，带话题#酒鬼
一家手账＃并＠国民老
岳父公，老岳父会督促你
完成今年的学习计划的!

Mon.	Tues.	Wed.
28 七夕节 ⭐	29 初八	30 初九
4 十四	5 十五	6 十六
11 廿一	12 廿二	13 廿三
18 廿八	19 廿九	20 初一
25 初六	26 初七	27 初八

Fri.	Sat.	Sun.
1 十一	2 十二	3 十三 ☆
8 十八	9 十九	10 教师节
15 廿五	16 廿六	17 廿七
22 初三	23 初四	24 初五
29 初十	30 十一	

09

Mon.	Tues.
28 七夕节	29 初八

Wed.	Thur.
30 初九	31 初十

Fri.	Sat.
1 十一 开学了！	2 十二

Sun.	
3 十三	

一	二	三	四	五	六	日
28 七夕节	29 初八	30 初九	31 初十	1 十一	2 十二	3 十三
4 十四	5 中元节	6 十六	7 白露	8 十八	9 十九	10 教师节
11 廿	12 廿二	13 廿三	14 廿四	15 廿五	16 廿六	17 廿七
18 廿八	19 廿九	20 初一	21 初二	22 初三	23 秋分	24 初五
25 初六	26 初七	27 初八	28 初九	29 初十	30 十一	

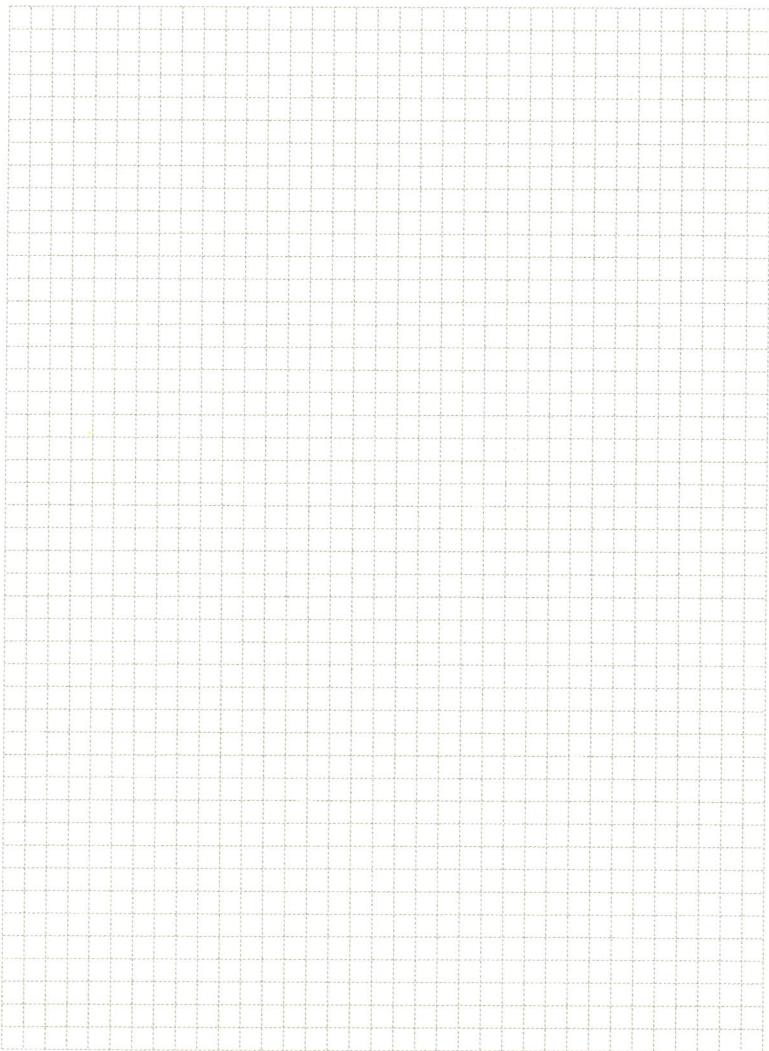

09

Mon.
4
十四

Tues.
5
十五

Wed.
6
十六

Thur.
7
十七

note

Fri.
8
十八

Sat.
9
十九

Sun.
10
教师节

一	二	三	四	五	六	日
28 七夕节	29 初八	30 初九	31 初十	1 十一	2 十二	3 十三
4 十四	5 中元节	6 十六	7 白露	8 十八	9 十九	10 教师节
11 廿一	12 廿二	13 廿三	14 廿四	15 廿五	16 廿六	17 廿七
18 廿八	19 廿九	20 初一	21 初二	22 初三	23 秋分	24 初五
25 初六	26 初七	27 初八	28 初九	29 初十	30 十一	

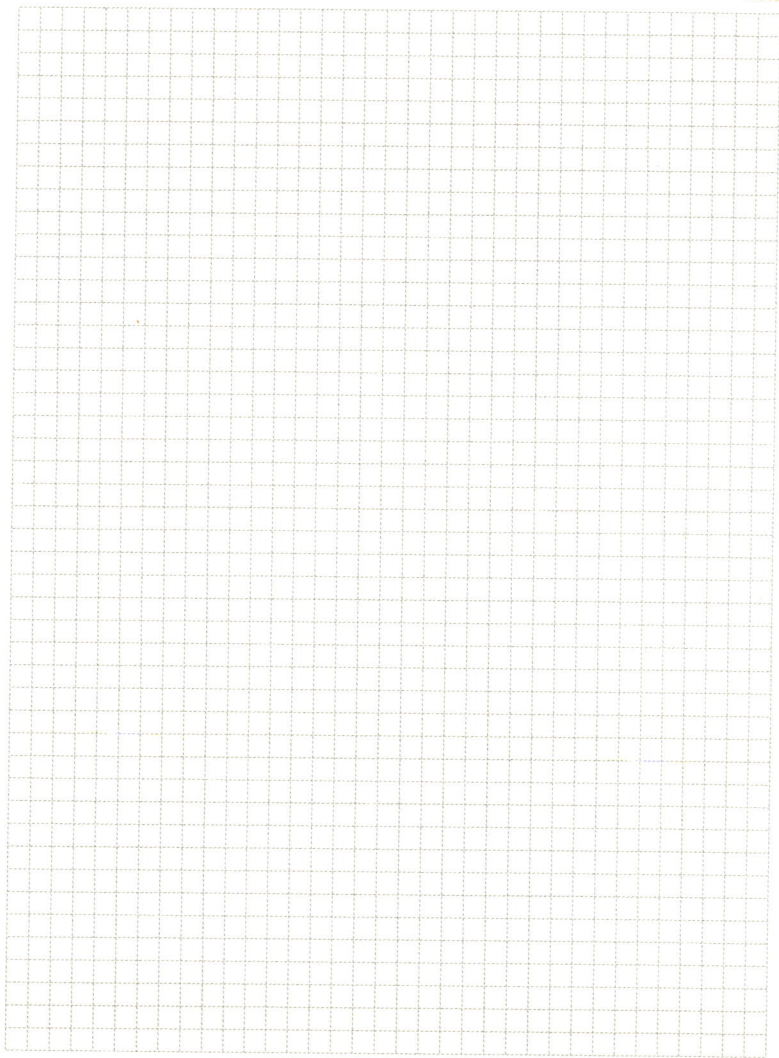

09

Mon.	Tues.
11	12
廿一	廿二

Wed.	Thur.
13	14
廿三	廿四

note

Fri.	Sat.
15	16
廿五	廿六

Sun.
17
廿七

note

一	二	三	四	五	六	日
28 七夕节	29 初八	30 初九	31 初十	1 十一	2 十二	3 十三
4 十四	5 中元节	6 十六	7 白露	8 十八	9 十九	10 教师节
11 廿一	12 廿二	13 廿三	14 廿四	15 廿五	16 廿六	17 廿七
18 廿八	19 廿九	20 初一	21 初二	22 初三	23 秋分	24 初五
25 初六	26 初七	27 初八	28 初九	29 初十	30 十一	

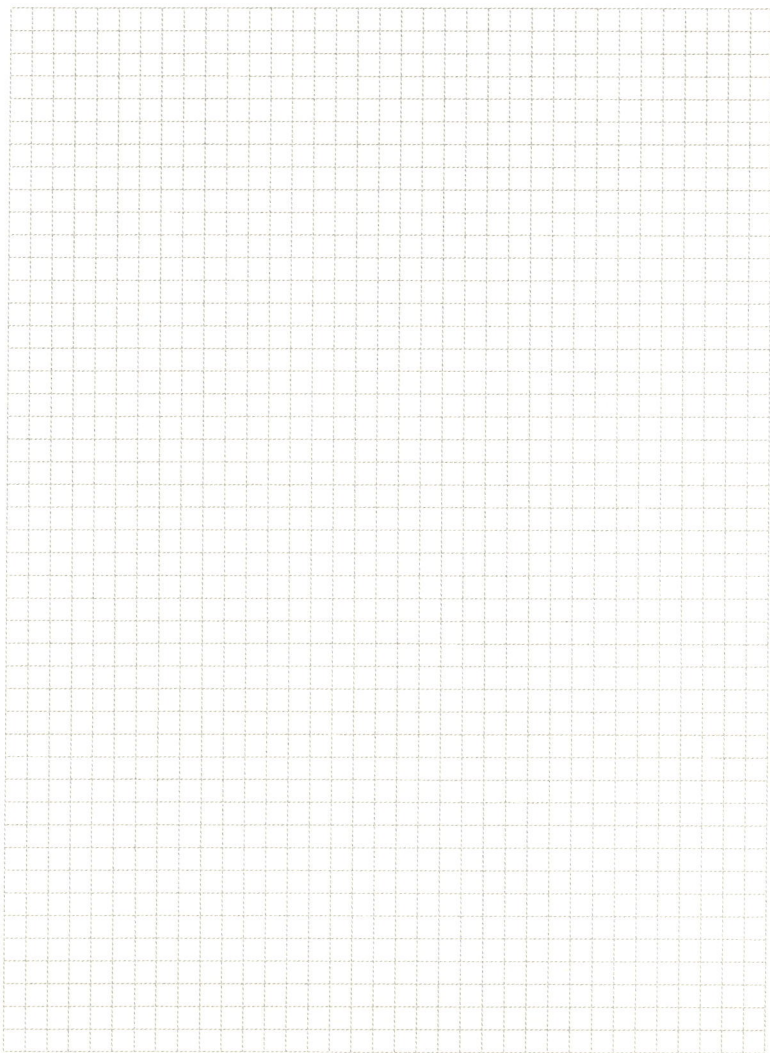

09

Mon.	Tues.
18 廿八	19 廿九

Wed.	Thur.
20 初一	21 初二

Fri.	Sat.
22 初三	23 初四

Sun.	
24 初五	

一	二	三	四	五	六	日
28 七夕节	29 初八	30 初九	31 初十	1 十一	2 十二	3 十三
4 十四	5 中元节	6 十六	7 白露	8 十八	9 十九	10 教师节
11 廿一	12 廿二	13 廿三	14 廿四	15 廿五	16 廿六	17 廿七
18 廿八	19 廿九	20 初一	21 初二	22 初三	23 秋分	24 初五
25 初六	26 初七	27 初八	28 初九	29 初十	30 十一	

10

Mon.	Tues.	Wed.
25 初六	26 初七	27 初八
2 十三	3 十四	4 中秋节
9 二十	10 廿一	11 廿二
16 廿七	17 廿八	18 廿九
23 初四	24 初五	25 初六
30 十一	31 十二	

Fri.	Sat.	Sun.
29 初十	30 十一	1 国庆节
6 十七	7 十八	8 十九
13 廿四	14 廿五	15 廿六
20 初一	21 初二	22 初三
27 初八	28 初九	29 初十

October

10

Mon.	Tues.
25 初六	26 初七

Wed.	Thur.
27 初八	28 初九

Fri.	Sat.
29 初十	30 十一

Sun.	
1 国庆节	

note

一	二	三	四	五	六	日
25 初六	26 初七	27 初八	28 初九	29 初十	30 十一	1 国庆节
2 十三	3 十四	4 中秋节	5 十六	6 十七	7 十八	8 寒露
9 二十	10 廿一	11 廿二	12 廿三	13 廿四	14 廿五	15 廿六
16 廿七	17 廿八	18 廿九	19 三十	20 初一	21 初二	22 初三
23 霜降	24 初五	25 初六	26 初七	27 初八	28 重阳节	29 初十
30 十一	31 十二					

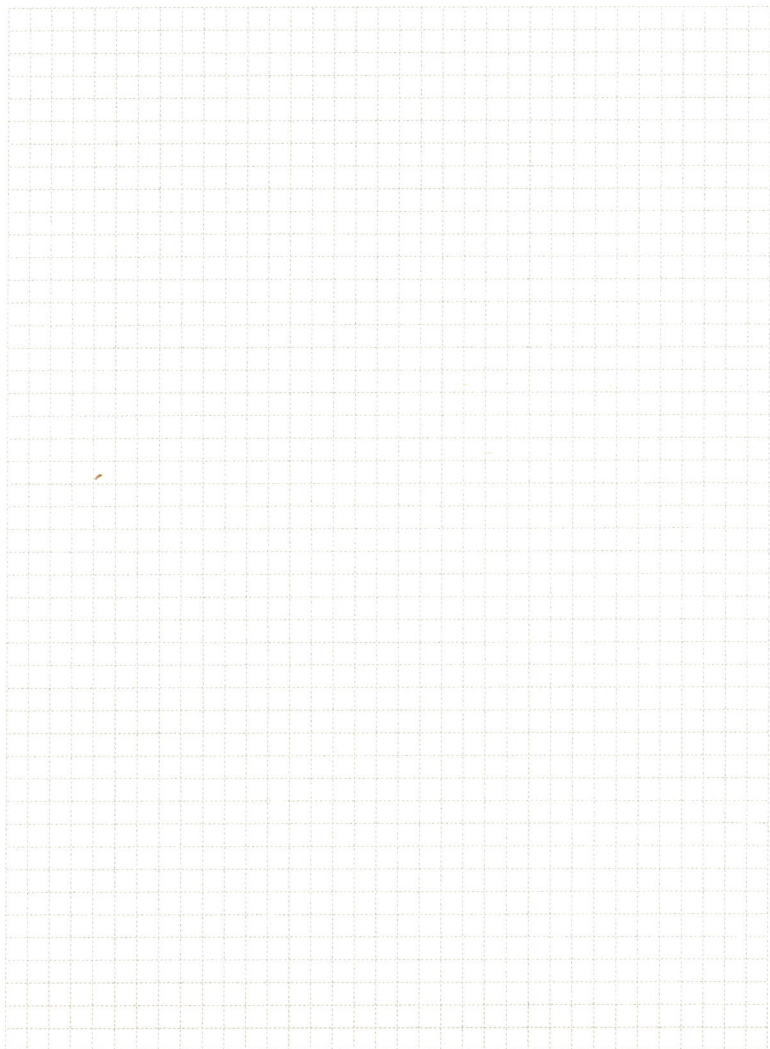

10

Mon.	Tues.
2	3
十三	十四

Wed.	Thur.
4	5
中秋节	十六

Fri.	Sat.
6	7
十七	十八

Sun.	
8	
十九	

note

一	二	三	四	五	六	日
25 初六	26 初七	27 初八	28 初九	29 初十	30 十一	1 国庆节
2 十三	3 十四	4 中秋节	5 十六	6 十七	7 十八	8 寒露
9 二十	10 廿一	11 廿二	12 廿三	13 廿四	14 廿五	15 廿六
16 廿七	17 廿八	18 廿九	19 三十	20 初一	21 初二	22 初三
23 霜降	24 初五	25 初六	26 初七	27 初八	28 重阳节	29 初十
30 十一	31 十二					

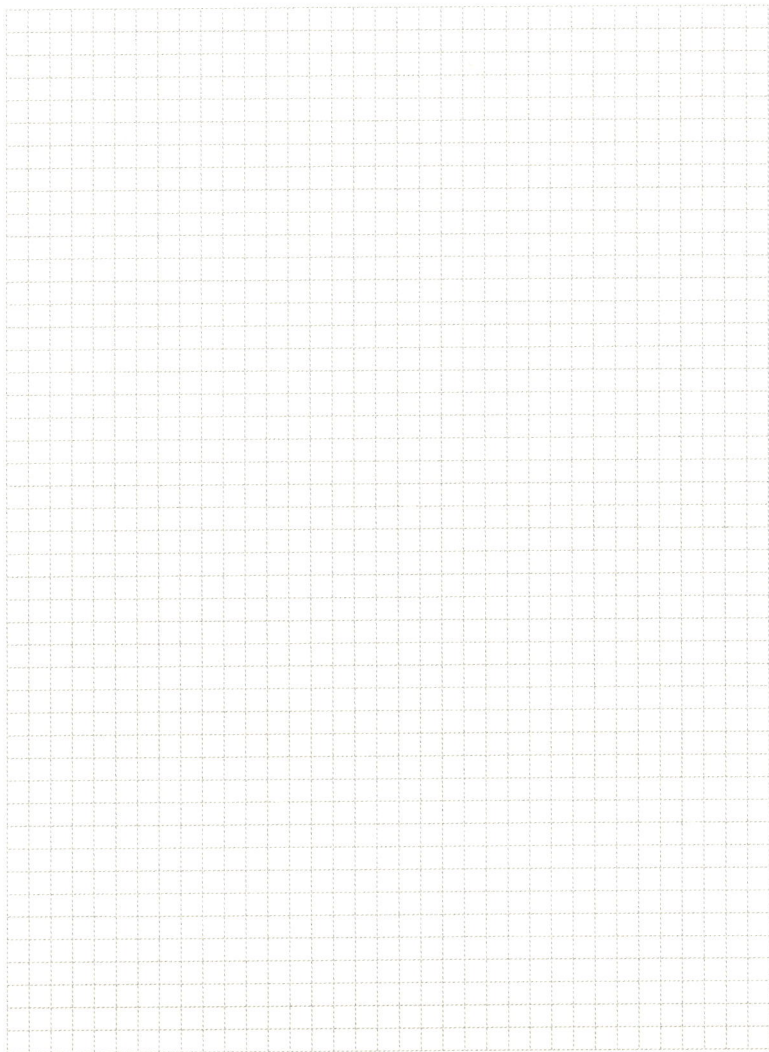

October

10

Mon.	**Tues.**
9	10
二十	廿一

Wed.	**Thur.**
11	12
廿二	廿三

Fri.	**Sat.**
13	14
廿四	廿五

Sun.	
15	
廿六	

note

一	二	三	四	五	六	日
25	26	27	28	29	30	1
初六	初七	初八	初九	初十	十一	国庆节
2	3	4	5	6	7	8
十三	十四	中秋节	十六	十七	十八	寒露
9	10	11	12	13	14	15
二十	廿一	廿二	廿三	廿四	廿五	廿六
16	17	18	19	20	21	22
廿七	廿八	廿九	三十	初一	初二	初三
23	24	25	26	27	28	29
霜降	初五	初六	初七	初八	重阳节	初十
30	31					
十一	十二					

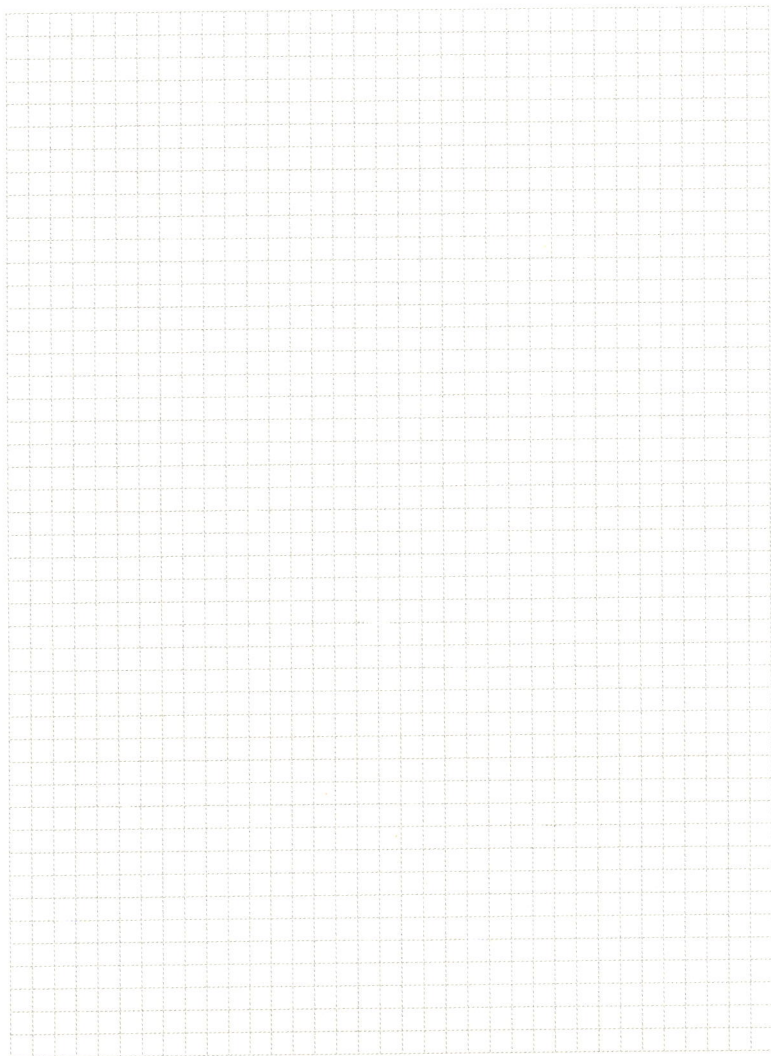

October

10

Mon.	Tues.
16	17
廿七	廿八

Wed.	Thur.
18	19
廿九	三十
	墨爷回家

Fri.	Sat.
20	21
初一	初二
	第一次教训墨爷

Sun.	
22	
初三	

一直很喜欢宠物，狗或者猫都很喜欢，年幼的时候家里也有它们的身影，只是时间太久了，脑海里留下的也只是模糊的影子。

在武汉生活了几年，突然有一天觉得是时候了。就这样自然而然地，墨爷进入了我的生活。

2013 年 10 月 19 日，我清楚地记得这个日子，因为这一天成为我之前生活和今后人生的分界线。

现在细细想来我才明白，他们带给的是我什么。

我永远不会忘记，墨爷刚刚到家时对我、对新环境，从忐忑不安到小心翼翼地试探，从慢慢接受到逐渐熟悉，最后到我们彼此信任，彼此依赖。这个过程，是我一生最宝贵的经历之一。

那时候我自诩为一名文艺青年，很喜欢"墨"这个字，墨水的墨，透着一股深沉与忧郁，而且百色不蚀，此生只追求那一方墨玉。

然而我又希望她能够像个"女汉子"那样，健康且永远充满活力，就好像所有的长辈都会将自己的希冀体现在下一代的名字当中，我也是一样，她是我的女儿，我希望她如我希望的一样。

于是，便有了"墨爷"这个名字。

墨爷第一次被我教育。那天她偷吃了我的芦荟，我本想很严厉地教育她一次，但当看到她水汪汪的眼睛时，我又忍不住摸了摸她的头。

October

10

note

一	二	三	四	五	六	日
25 初六	26 初七	27 初八	28 初九	29 初十	30 十一	1 国庆节
2 十三	3 十四	4 中秋节	5 十六	6 十七	7 十八	8 寒露
9 二十	10 廿一	11 廿二	12 廿三	13 廿四	14 廿五	15 廿六
16 廿七	17 廿八	18 廿九	19 三十	20 初一	21 初二	22 初三
23 霜降	24 初五	25 初六	26 初七	27 初八	28 重阳节	29 初十
30 十一	31 十二					

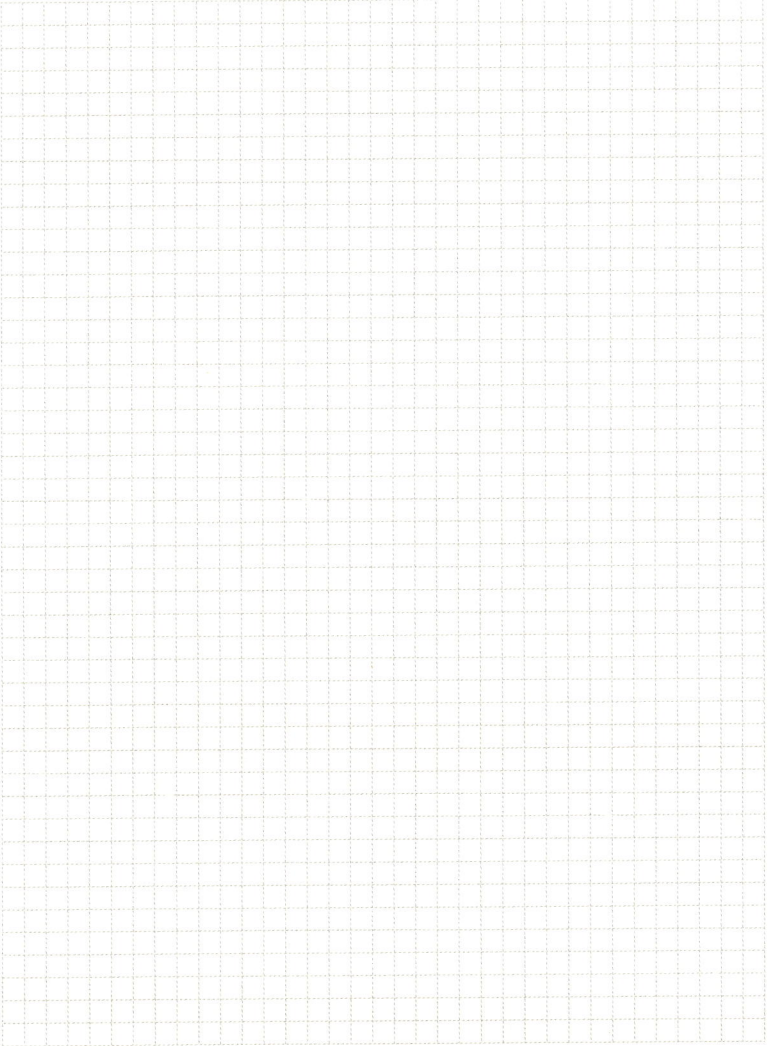

10

Mon.
23
初四

墨爷第一次洗澡

Tues.
24
初五

Wed.
25
初六

Thur.
26
初七

note

Fri.
27
初八

Sat.
28
初九

Sun.
29
初十

　　我第一次给墨爷洗澡，看着她湿答答的，像个刺猬似的，我忍不住捂着肚子笑了半天，结果墨爷就用看傻子似的眼神看了我半天……

一	二	三	四	五	六	日
25 初六	26 初七	27 初八	28 初九	29 初十	30 十一	1 国庆节
2 十三	3 十四	4 中秋节	5 十六	6 十七	7 十八	8 寒露
9 二十	10 廿一	11 廿二	12 廿三	13 廿四	14 廿五	15 廿六
16 廿七	17 廿八	18 廿九	19 三十	20 初一	21 初二	22 初三
23 霜降	24 初五	25 初六	26 初七	27 初八	28 重阳节	29 初十
30 十一	31 十二					

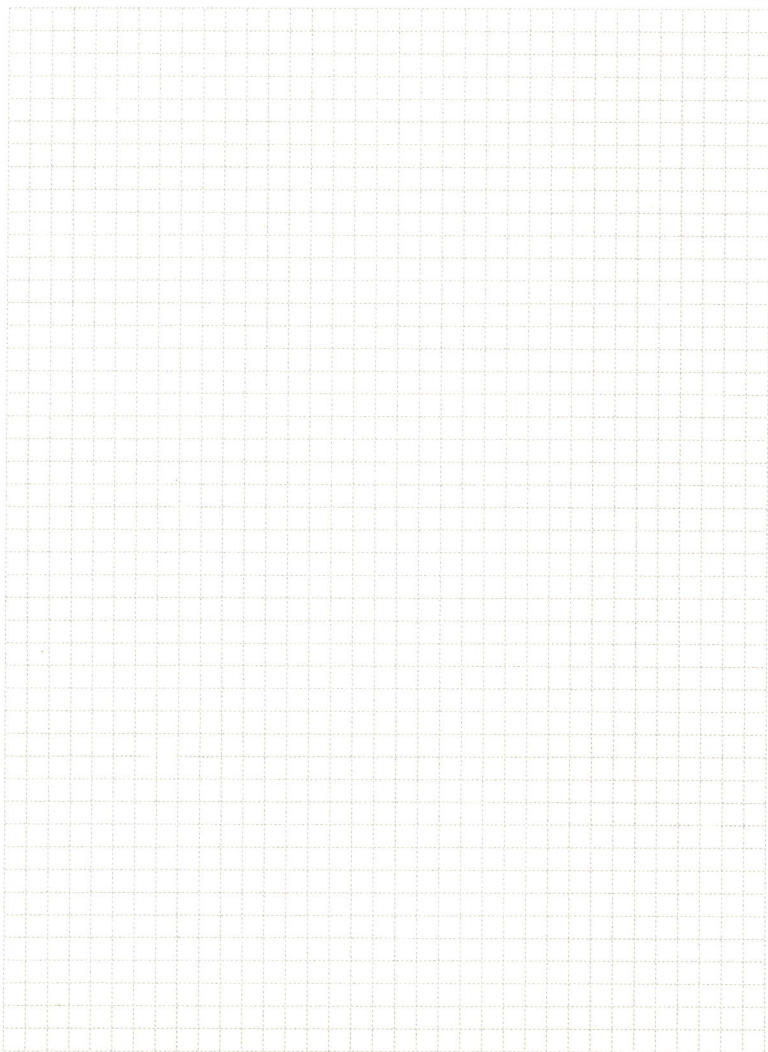

Mon.	Tues.	Wed.
30 十一 ⭐	31 十二	1 十三
6 十八	7 十九	8 二十
13 廿五	14 廿六	15 廿七
20 初三	21 初四	22 初五
27 初十	28 十一	29 十二

11

10 月 30—11 月 5 日
Halloween, trick or treat!

贴纸中有国民老岳父公卡通形象，请结合万圣节发挥想象力，将它贴在任意地方，然后拍照发微博，带话题#酒鬼一家手账#，并@国民老岳父公，会有惊喜哟！

Fri.	Sat.	Sun.
3 十五	4 十六	5 十七 ☆
10 廿二	11 廿三	12 廿四
17 廿九	18 初一	19 初二
24 初七	25 初八	26 初九

11

Mon.	Tues.
30	31
十一	十二

送给墨爷第一个礼物

Wed.	Thur.
1	2
十三	十四

Fri.	Sat.
3	4
十五	十六

note

Sun.	
5	
十七	

我买给墨爷第一个玩具，但是她好像嫌太丑，不太喜欢……好像有点受伤，但是以后就习惯了。

note

一	二	三	四	五	六	日
30 十一	31 十二	1 十三	2 十四	3 十五	4 十六	5 十七
6 十八	7 立冬	8 二十	9 廿一	10 廿二	11 廿三	12 廿四
13 廿五	14 廿六	15 廿七	16 廿八	17 廿九	18 寒衣节	19 初二
20 初三	21 初四	22 小雪	23 初六	24 初七	25 初八	26 初九
27 初十	28 十一	29 十二	30 十三			

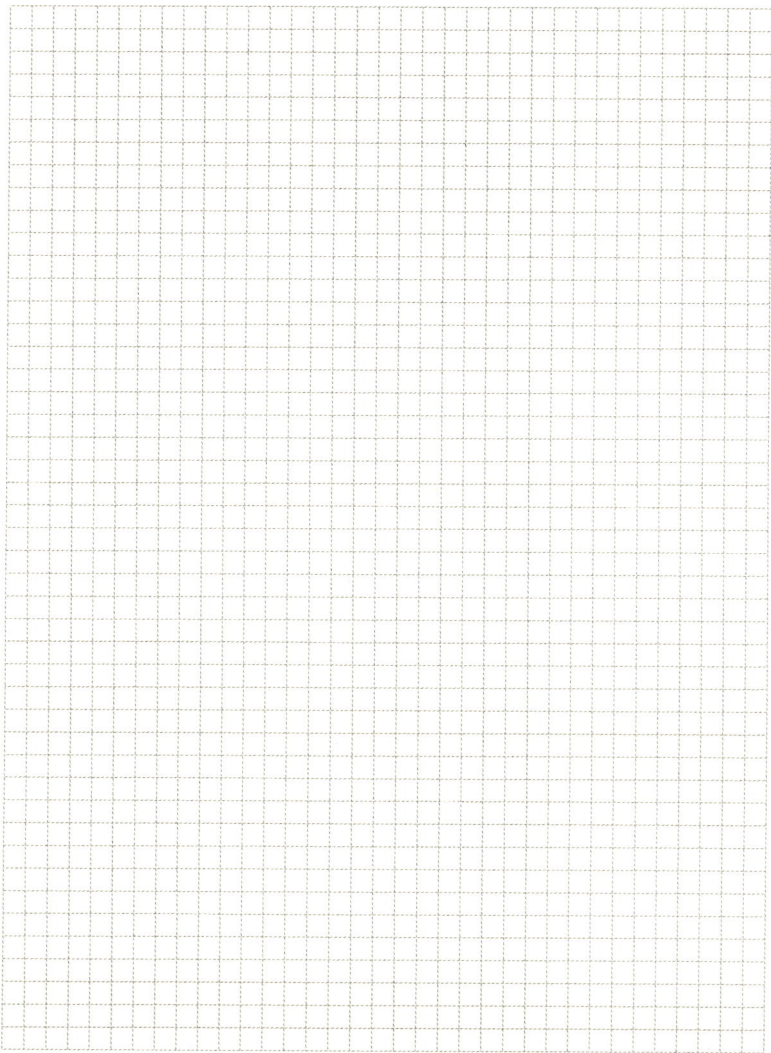

November

Mon.	Tues.
6	7
十八	十九

11

Wed.	Thur.
8	9
二十	廿一

note

Fri.	Sat.
10	11
廿二	廿三

Sun.
12
廿四

note

一	二	三	四	五	六	日
30 十一	31 十一	1 十二	2 十四	3 十五	4 十六	5 十七
6 十八	7 立冬	8 二十	9 廿一	10 廿二	11 廿三	12 廿四
13 廿五	14 廿六	15 廿七	16 廿八	17 廿九	18 寒衣节	19 初二
20 初三	21 初四	22 小雪	23 初六	24 初七	25 初八	26 初九
27 初十	28 十一	29 十二	30 十三			

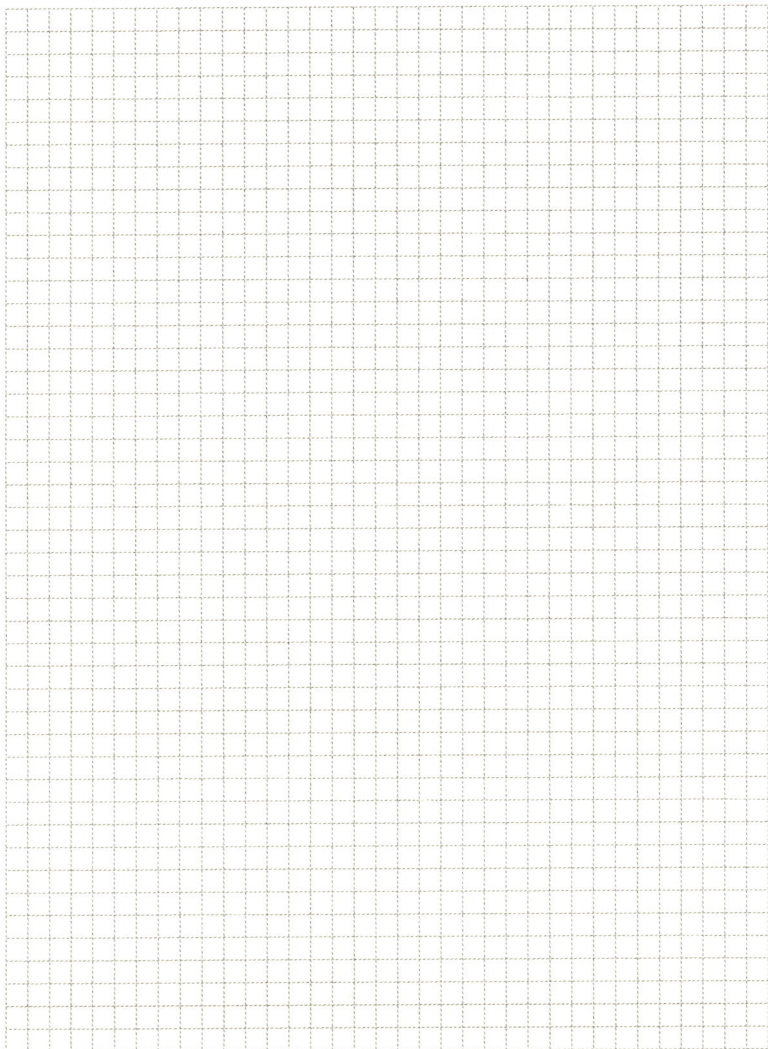

11

Mon.
13
廿五

Tues.
14
廿六

Wed.
15
廿七

Thur.
16
廿八

Fri.
17
廿九

Sat.
18
初一

Sun.
19
初二

note

一	二	三	四	五	六	日
30 十一	31 十二	1 十三	2 十四	3 十五	4 十六	5 十七
6 十八	7 立冬	8 二十	9 廿一	10 廿二	11 廿三	12 廿四
13 廿五	14 廿六	15 廿七	16 廿八	17 廿九	18 寒衣节	19 初二
20 初三	21 初四	22 小雪	23 初六	24 初七	25 初八	26 初九
27 初十	28 十一	29 十二	30 十三			

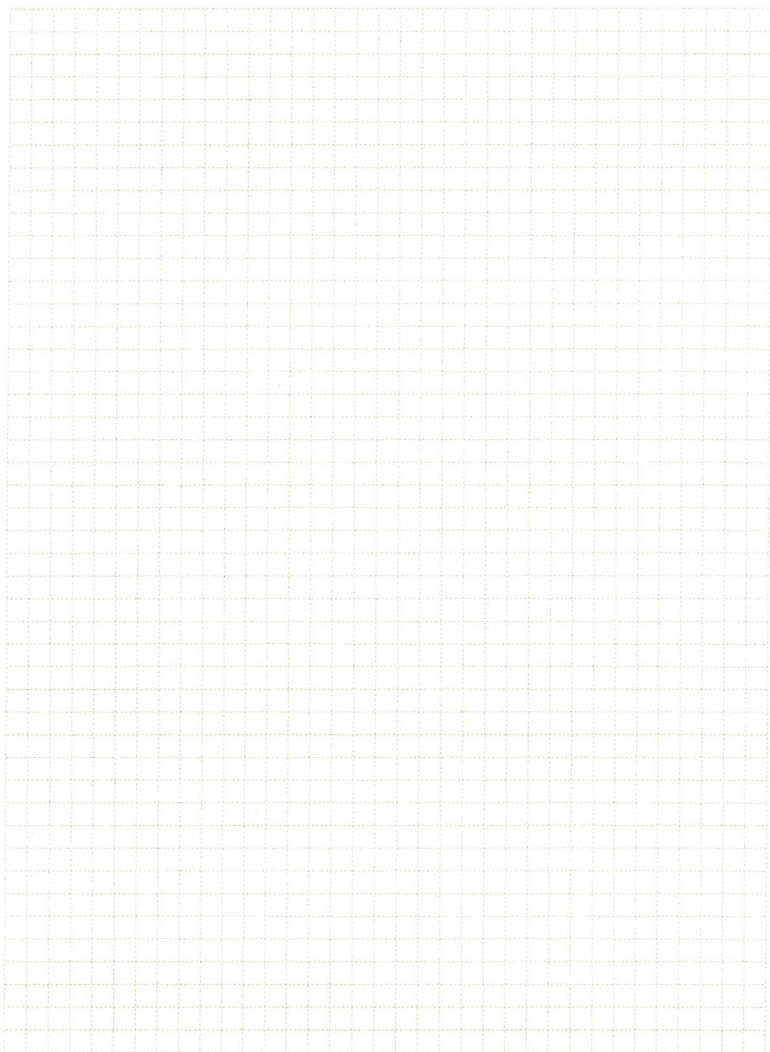

11

Mon.	Tues.
20	21
初三	初四

Wed.	Thur.
22	23
初五	初六
	墨爷第一次吃骨头

Fri.	Sat.
24	25
初七	初八

Sun.	
26	
初九	

　　墨爷第一次吃骨头。她一开始有点不知怎么下口，慢慢尝到了骨头的美味，然后就完全抛开了往日的矜持。咬得嘎嘣脆，看着她吃就觉得很过瘾！

note

一	二	三	四	五	六	日
30	31	1	2	3	4	5
十一	十二	十三	十四	十五	十六	十七
6	7	8	9	10	11	12
十八	立冬	二十	廿一	廿二	廿三	廿四
13	14	15	16	17	18	19
廿五	廿六	廿七	廿八	廿九	寒衣节	初二
20	21	22	23	24	25	26
初三	初四	小雪	初六	初七	初八	初九
27	28	29	30			
初十	十一	十二	十三			

December	Mon.	Tues.	Wed.
	27 初十	28 十一	29 十二
12	4 十七	5 十八	6 十九
12月24日—31日 Merry Christmas!			
创意摆拍手账活动启动！将你的手账随意摆拍，然后上传到微博并带话题＃酒鬼一家手账＃＠国民老岳父公，即可有机会参与抽奖获得印章哟！	11 廿四	12 廿五	13 廿六
	18 初一	19 初二	20 初三
	25 圣诞节	26 初九	27 初十

Fri.	Sat.	Sun.
1 十四	2 十五	3 十六
8 廿一	9 廿二	10 廿三
15 廿八	16 廿九	17 三十
22 初五	23 初六	24 初七 ⭐
29 十二	30 十三	31 十四 ☆

12

Mon.	Tues.
27 四十	28 十一
	撒家确定怀孕

Wed.	Thur.
29 十二	30 十三

Fri.	Sat.
1 十四	2 十五

Sun.	
3 十六	
墨不学会了顶东西，认真的样子让我觉得太可爱了……	

我要当姥爷爷（姥爷 + 爸爸）啦！！！

"撕家怀孕了。"医生说。

我有点错愕，不知道说什么，默默地走到走廊，想掏出裤子口袋里的烟，手不知道怎么却伸到了上衣口袋。

拿出手机翻了翻通讯录，翻了三遍之后心里有了一点点底气。

深吸一口气，我走进 B 超室，看着躺在那里睡着了的撕家，内心一片茫然。

此时，医生拿着报告单走向我，拍了拍我的肩膀，把报告单递给我。我看到我自己伸手接住了报告单，手抖着拿到自己眼前，报告单上写着，一只？

看着我诧异的样子，医生说，撕家怀孕的时机不对，所以应该只有一到三只。

我抬眼看了看撕家，她已经睡醒了，正趴在那里吐着舌头冲我嘿嘿嘿地笑。撕家的孩子，应该跟她一样可爱吧？

一只又怎样！

三只又怎样！

既然怀了，我来养！

从此以后，圈子里没有了国民老岳父公，多了一个"国民姥爷爷"。

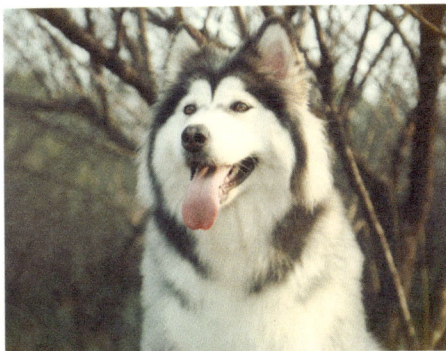

note

一	二	三	四	五	六	日
27 初十	28 十一	29 十二	30 十三	1 艾滋病日	2 下元节	3 十六
4 十七	5 十八	6 十九	7 大雪	8 廿一	9 廿二	10 廿三
11 廿四	12 廿五	13 廿六	14 廿七	15 廿八	16 廿九	17 三十
18 初一	19 初二	20 初三	21 初四	22 冬至	23 初六	24 初七
25 初八	26 初九	27 初十	28 十一	29 十二	30 十三	31 十四

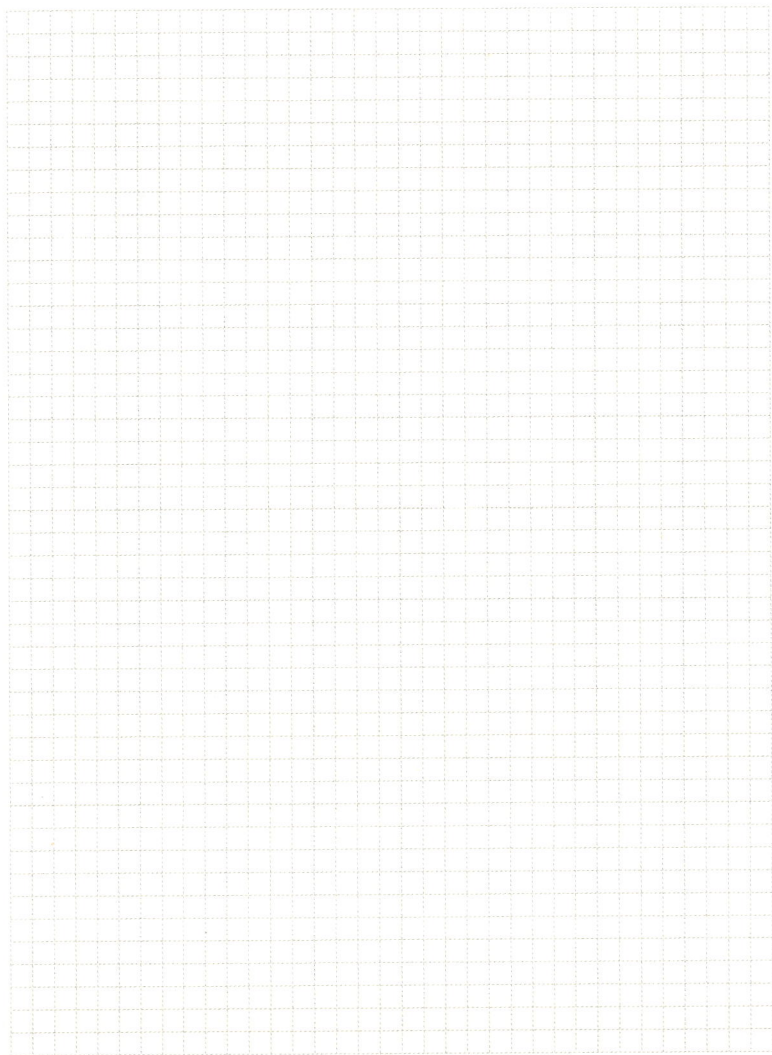

December

12

Mon.	**Tues.**
4	5
十七	十八

Wed.	**Thur.**
6	7
十九	二十

note

Fri.	**Sat.**
8	9
廿一	廿二

Sun.
10
廿三

December

12

note

一	二	三	四	五	六	日
27 初十	28 十一	29 十二	30 十三	1 艾滋病日	2 下元节	3 十六
4 十七	5 十八	6 十九	7 大雪	8 廿一	9 廿二	10 廿三
11 廿四	12 廿五	13 廿六	14 廿七	15 廿八	16 廿九	17 三十
18 初一	19 初二	20 初三	21 初四	22 冬至	23 初六	24 初七
25 初八	26 初九	27 初十	28 十一	29 十二	30 十三	31 十四

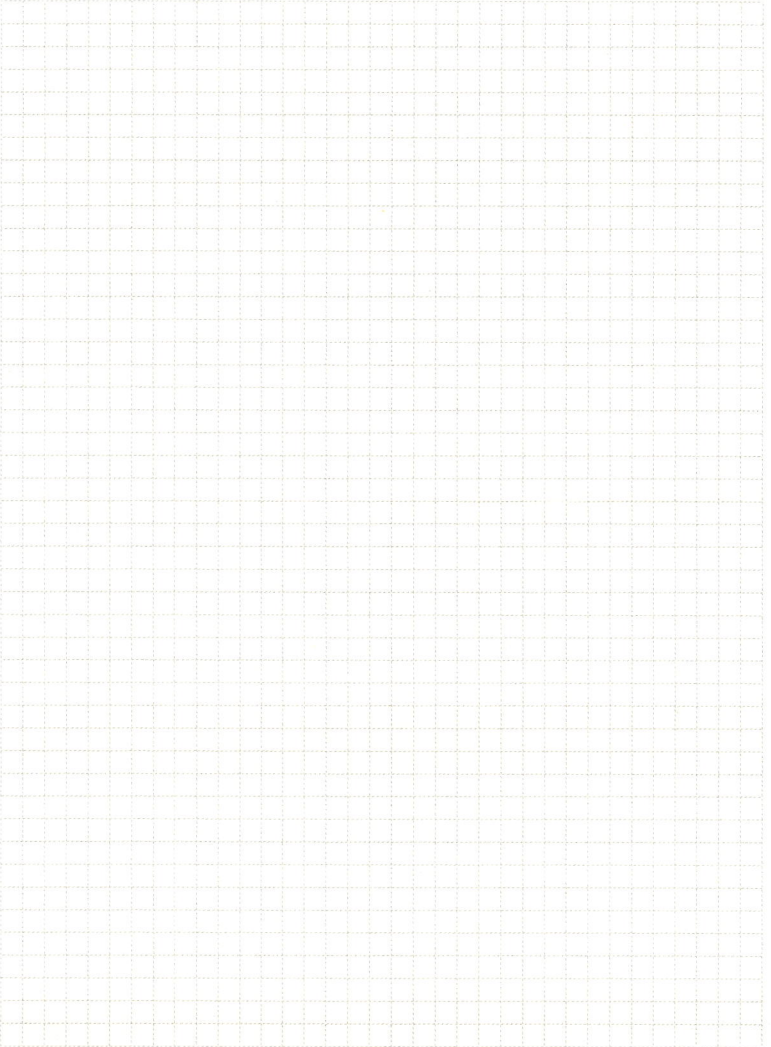

12

Mon.	Tues.
11	12
廿四	廿五

Wed.	Thur.
13	14
廿六	廿七

note

Fri.	Sat.
15	16
廿八	廿九

Sun.	
17	
三十	

一	二	三	四	五	六	日
27 初十	28 十一	29 十一	30 十二	1 艾滋病日	2 下元节	3 十六
4 十七	5 十八	6 十九	7 大雪	8 廿一	9 廿二	10 廿三
11 廿四	12 廿五	13 廿六	14 廿七	15 廿八	16 廿九	17 三十
18 初一	19 初二	20 初三	21 初四	22 冬至	23 初六	24 初七
25 初八	26 初九	27 初十	28 十一	29 十二	30 十三	31 十四

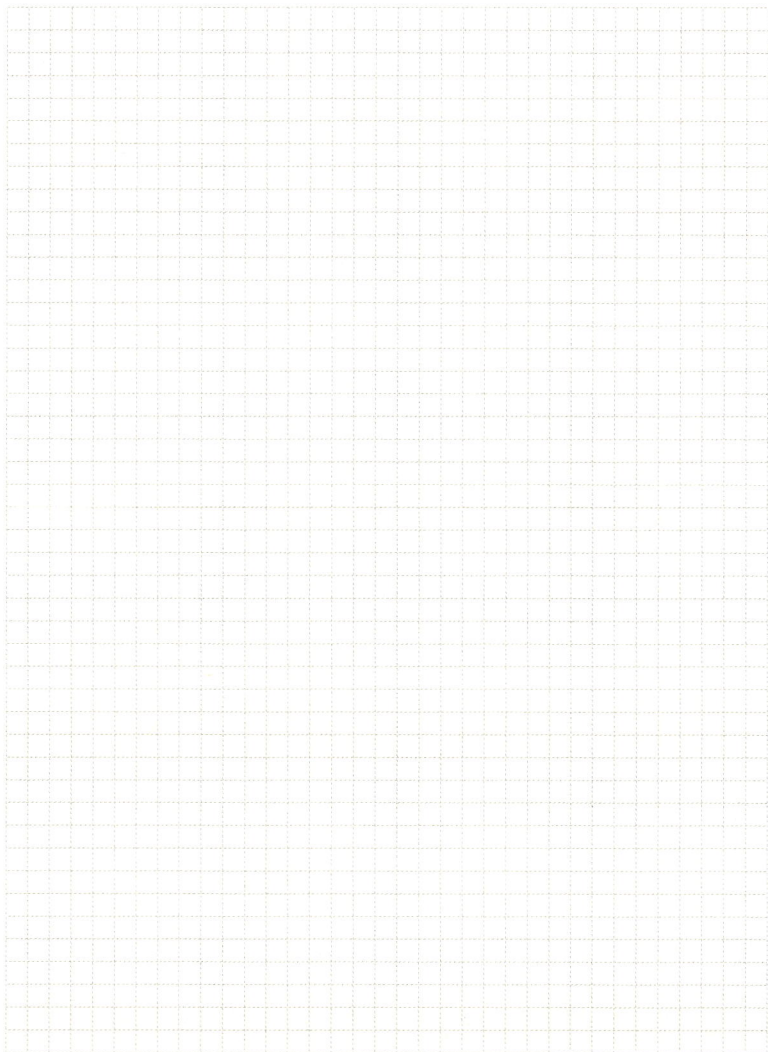

December

12

Mon.	Tues.
18 初一	19 初二

Wed.	Thur.
20 初三	21 初四

Fri.	Sat.
22 初五	23 初六

Sun.	
24 初七	

note

一	二	三	四	五	六	日
27 廿十	28 十	29 十二	30 十	1 艾滋病日	2 下元节	3 十六
4 十七	5 十八	6 十九	7 大雪	8 廿一	9 廿二	10 廿一
11 廿四	12 廿五	13 廿六	14 廿七	15 廿八	16 廿九	17 二十
18 初一	19 初二	20 初三	21 初四	22 冬至	23 初六	24 初七
25 初八	26 初九	27 初十	28 十一	29 十二	30 十三	31 十四

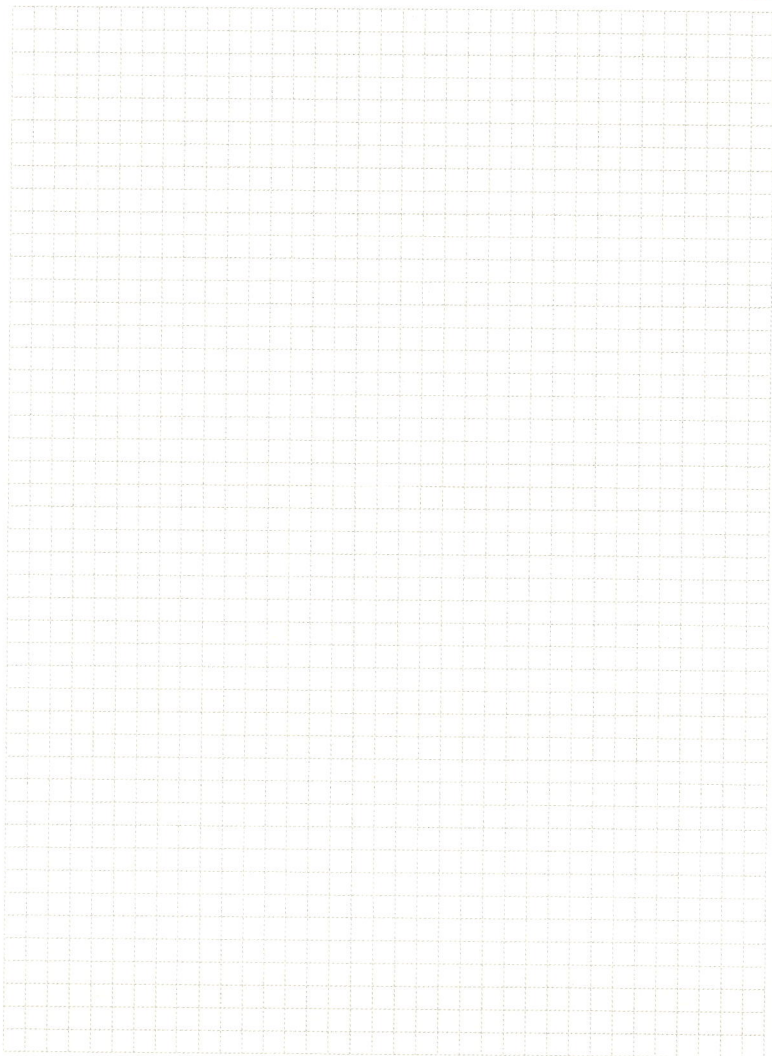

12

Mon.	Tues.
25	26
圣诞节	初九

Wed.	Thur.
27	28
初十	十一

Fri.	Sat.
29	30
十二	十三

Sun.	
31	
十四	

note

note

一	二	三	四	五	六	日
27 初十	28 十一	29 十二	30 十三	1 艾滋病日	2 下元节	3 十六
4 十七	5 十八	6 十九	7 大雪	8 廿一	9 廿二	10 廿三
11 廿四	12 廿五	13 廿六	14 廿七	15 廿八	16 廿九	17 三十
18 初一	19 初二	20 初三	21 初四	22 冬至	23 初六	24 初七
25 初八	26 初九	27 初十	28 十一	29 十二	30 十三	31 十四

01

Mon.	Tues.	Wed.
1 元旦	2 十六	3 十七
8 廿二	9 廿三	10 廿四
15 廿九	16 三十	17 初一
22 初六	23 初七	24 初八
29 十三	30 十四	31 十五

Fri.	Sat.	Sun.
5 十九	6 二十	7 廿一
12 廿六	13 廿七	14 廿八
19 初三	20 初四	21 初五
26 初十	27 十一	28 十二

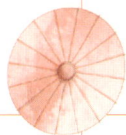

January

01

Mon. 1 元旦	**Tues.** 2 十六
Wed. 3 十七	**Thur.** 4 十八
Fri. 5 十九	**Sat.** 6 二十
Sun. 7 廿一	

note

一	二	三	四	五	六	日
1 元旦	2 十六	3 十七	4 十八	5 十九	6 二十	7 廿一
8 廿二	9 廿三	10 廿四	11 廿五	12 廿六	13 廿七	14 廿八
15 廿九	16 三十	17 初一	18 初二	19 初三	20 大寒	21 初五
22 初六	23 初七	24 腊八节	25 初九	26 初十	27 十一	28 十二
29 十三	30 十四	31 十五				

01

Mon.
8
廿二

Tues.
9
廿三

Wed.
10
廿四

Thur.
11
廿五

Fri.
12
廿六

Sat.
13
廿七

Sun.
14
廿八

note

一	二	三	四	五	六	日
1 元旦	2 十六	3 十七	4 十八	5 十九	6 二十	7 廿一
8 廿二	9 廿三	10 廿四	11 廿五	12 廿六	13 廿七	14 廿八
15 廿九	16 三十	17 初一	18 初二	19 初三	20 大寒	21 初五
22 初六	23 初七	24 腊八节	25 初九	26 初十	27 十一	28 十二
29 十三	30 十四	31 十五				

January

01

Mon.	Tues.
15	16
廿九	三十

Wed.	Thur.
17	18
初一	初二

Fri.	Sat.
19	20
初三	初四

Sun.	
21	
初五	

January

01

一	二	三	四	五	六	日
1 元旦	2 十六	3 十七	4 十八	5 十九	6 二十	7 廿一
8 廿二	9 廿三	10 廿四	11 廿五	12 廿六	13 廿七	14 廿八
15 廿九	16 三十	17 初一	18 初二	19 初三	20 大寒	21 初五
22 初六	23 初七	24 腊八节	25 初九	26 初十	27 十一	28 十二
29 十三	30 十四	31 十五				

January

01

Mon.	Tues.
22	23
初六	初七

Wed.	Thur.
24	25
初八	初九

Fri.	Sat.
26	27
初十	十一

Sun.
28
十二

note

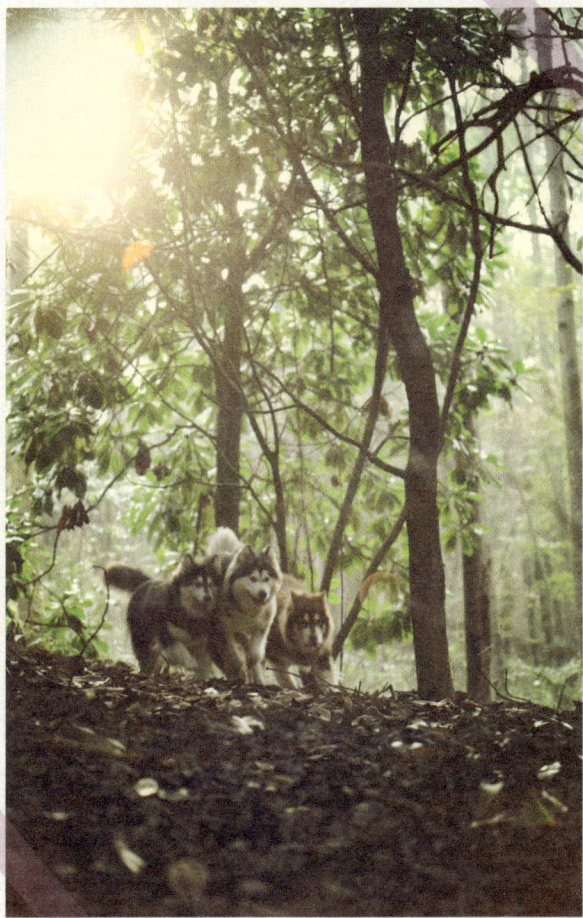

一	二	三	四	五	六	日
1 元旦	2 十六	3 十七	4 十八	5 十九	6 二十	7 廿一
8 廿二	9 廿三	10 廿四	11 廿五	12 廿六	13 廿七	14 廿八
15 廿九	16 三十	17 初一	18 初二	19 初三	20 大寒	21 初五
22 初六	23 初七	24 腊八节	25 初九	26 初十	27 十一	28 十二
29 十三	30 十四	31 十五				

February	Mon.	Tues.	Wed.
02	29 十三	30 十四	31 十五
	5 二十	6 廿一	7 廿二
	12 廿七	13 廿八	14 廿九
	19 初四	20 初五	21 初六
	26 十一	27 十二	28 十三

Fri.	Sat.	Sun.
2 十七	3 十八	4 十九
9 廿四	10 廿五	11 廿六
16 春节	17 初二	18 初三
23 初八	24 初九	25 初十

February

02

Mon.	**Tues.**
29	30
十三	十四

Wed.	**Thur.**
31	1
十五	十六

note

Fri.	**Sat.**
2	3
十七	十八

Sun.
4
十九

一	二	三	四	五	六	日
29 十二	30 十四	31 十五	1 十六	2 湿地日	3 十八	4 十九
5 二十	6 廿一	7 廿二	8 小年	9 廿四	10 廿五	11 廿六
12 廿七	13 廿八	14 廿九	15 除夕	16 春节	17 初二	18 初三
19 初四	20 初五	21 初六	22 初七	23 初八	24 初九	25 初十
26 十一	27 十二	28 十三				

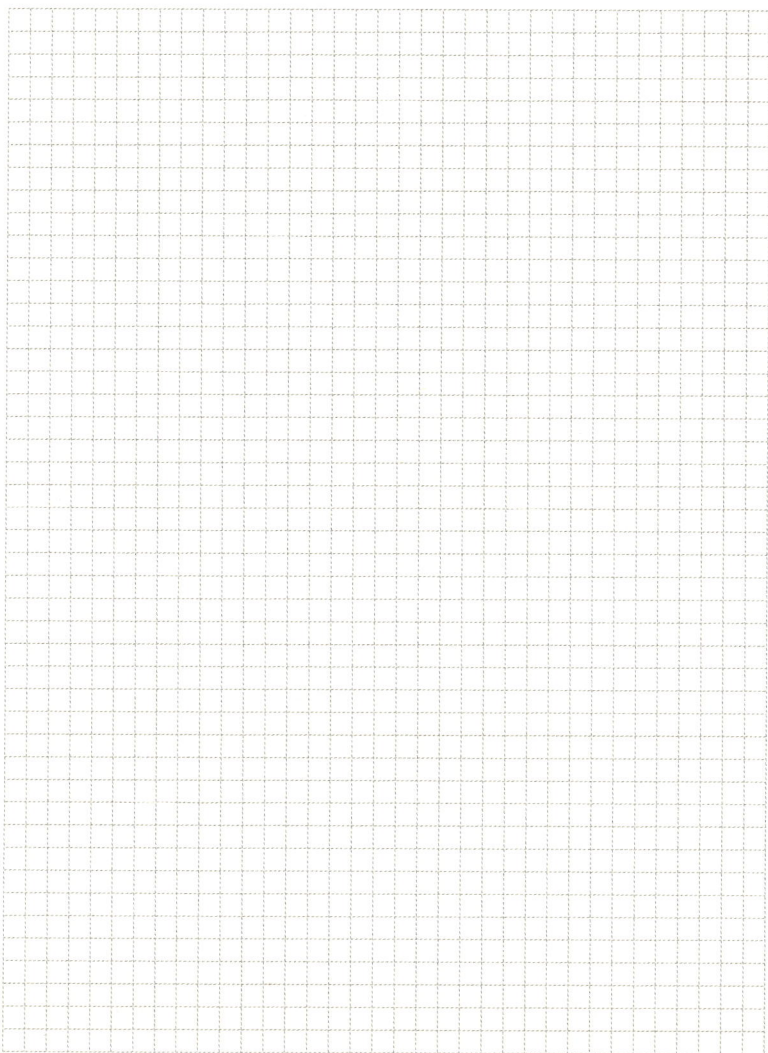

February

02

Mon.	**Tues.**
5	6
二十	廿一

Wed.	**Thur.**
7	8
廿二	廿三

Fri.	**Sat.**
9	10
廿四	廿五

Sun.	
11	
廿六	

note

一	二	三	四	五	六	日
29 十二	30 十三	31 十五	1 十六	2 湿地日	3 十八	4 十九
5 二十	6 廿一	7 廿二	8 小年	9 廿四	10 廿五	11 廿六
12 廿七	13 廿八	14 廿九	15 除夕	16 春节	17 初二	18 初三
19 初四	20 初五	21 初六	22 初七	23 初八	24 初九	25 初十
26 十一	27 十二	28 十三				

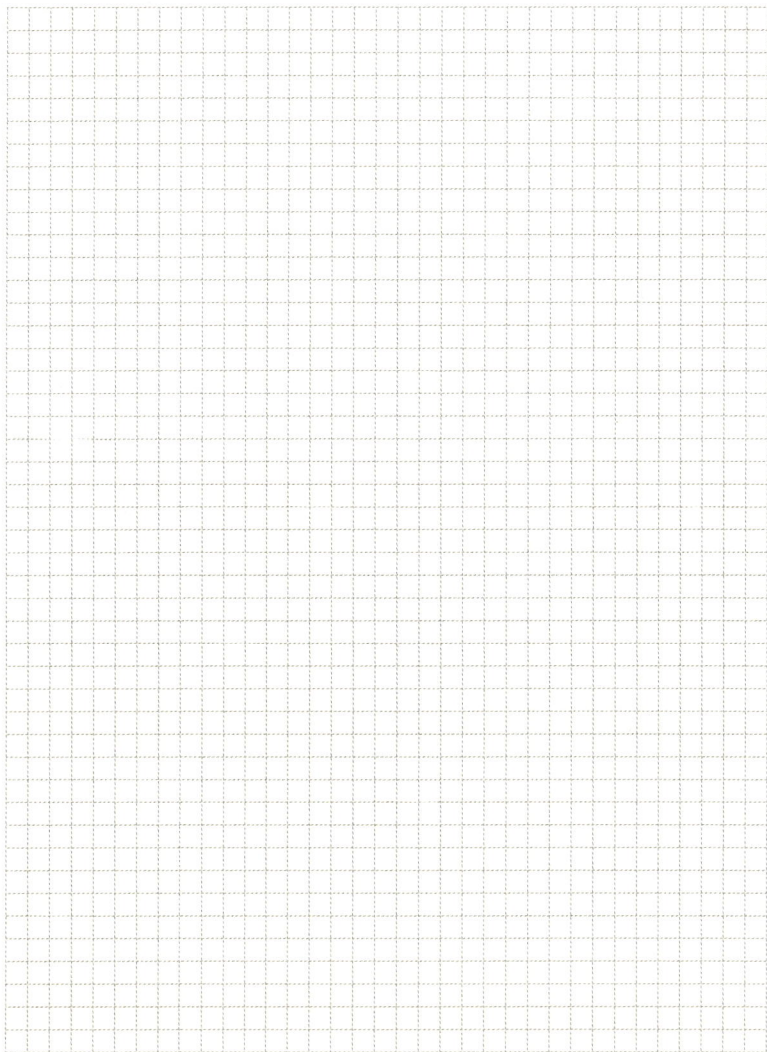

February

02

Mon.	**Tues.**
12	13
廿七	廿八

Wed.	**Thur.**
14	15
廿九	除夕
情人节	

note

Fri.	**Sat.**
16	17
春节	初二

Sun.	
18	
初三	

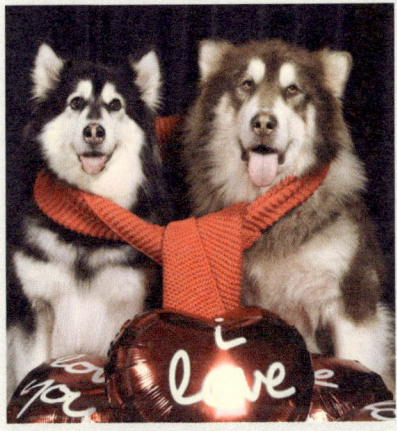

一	二	三	四	五	六	日
29	30	31	1	2	3	4
十二	十四	十五	十六	摩地日	十八	十九
5	6	7	8	9	10	11
二十	廿一	廿二	小年	廿四	廿五	廿六
12	13	14	15	16	17	18
廿七	廿八	廿九	除夕	春节	初二	初三
19	20	21	22	23	24	25
初四	初五	初六	初七	初八	初九	初十
26	27	28				
十一	十二	十三				

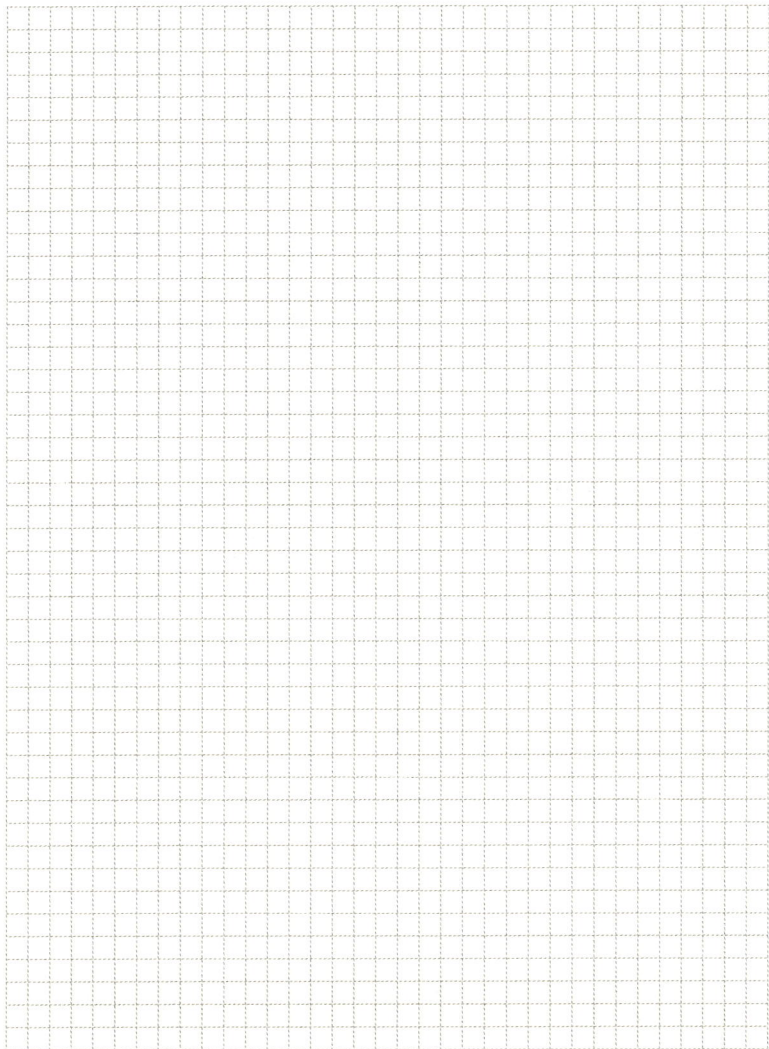

02

Mon.	Tues.
19 初四	20 初五

Wed.	Thur.
21 初六	22 初七

note

Fri.	Sat.
23 初八	24 初九

Sun.	
25 初十	

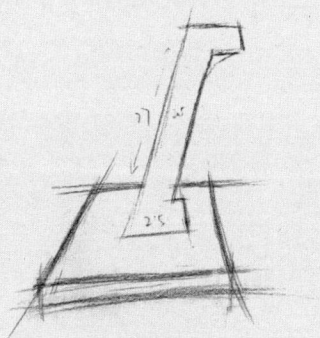

一	二	三	四	五	六	日
29	30	31	1	2	3	4
十三	十四	十五	十六	履地日	十八	十九
5	6	7	8	9	10	11
二十	廿一	廿二	小年	廿四	廿五	廿六
12	13	14	15	16	17	18
廿七	廿八	廿九	除夕	春节	初二	初三
19	20	21	22	23	24	25
初四	廿五	初六	初七	初八	初九	初十
26	27	28				
十一	十二	十三				

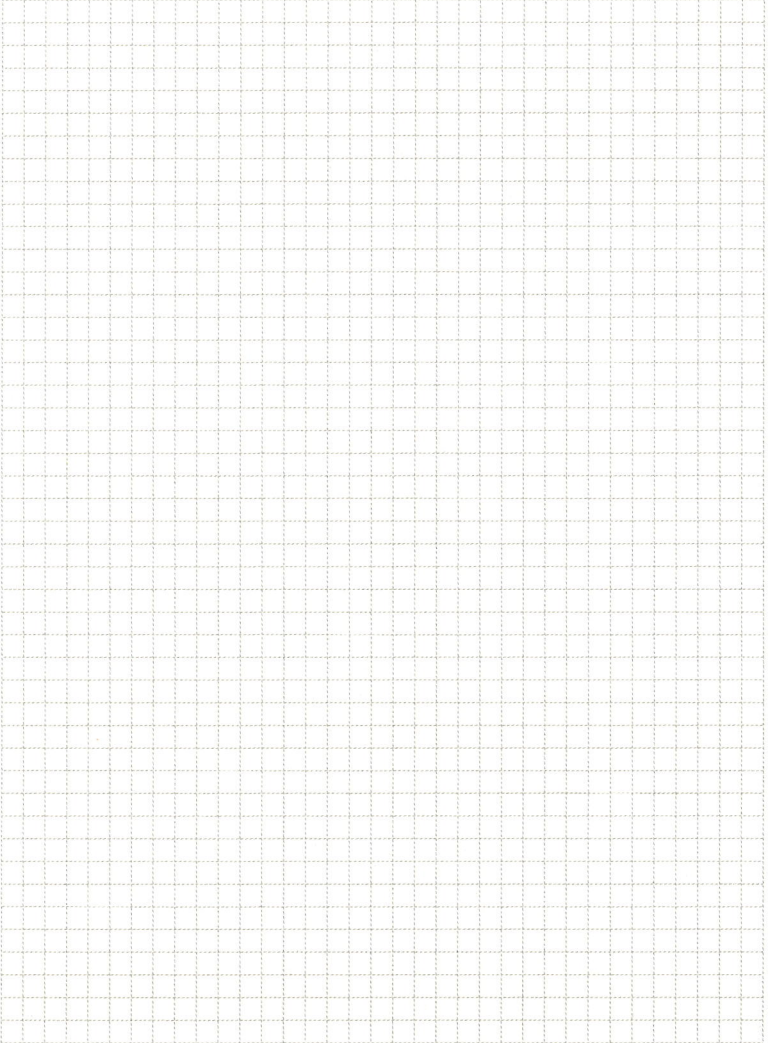

February

02

Mon.	Tues.
26	27
十一	十二

Wed.
28
十三

note

　　我们所经历的一切，在心中凿下深深浅浅的沟壑。随着时间风沙的侵蚀，很多已经难辨原来的模样。

　　一年多以前，酒鬼一家与大家相识，一年多的时间里，酒鬼一家收获了越来越多的朋友。你们伴着酒鬼一家成长，酒鬼一家也见证了你们生活里的酸甜苦辣。

　　时间很快，猝不及防间就将一切变成了回忆，我时常懊恼用什么样的方式才能与时间抗衡，但我日渐明白与其抗衡，不如分享。把我的一份快乐分享给数以百万的你们就会变成数百万份快乐。

　　酒鬼一家是我最珍贵的回忆，我把它分享给现在正在看这些文字的你们，希望它也能伴随着你们走过每一段互不相同的精彩人生。

　　来与我做个约定，待到我们年老时，再谈起这段回忆，无论你们在什么地方，有着什么样的心情，都还能露出会心的笑容。

　　约好了。

图书在版编目（CIP）数据

酒鬼一家／国民老岳父公著．—长沙：湖南文艺出版社，2017.3
ISBN 978-7-5404-7941-1

Ⅰ．①酒… Ⅱ．①国… Ⅲ．①生活管理 Ⅳ．① C913.3

中国版本图书馆 CIP 数据核字（2016）第 318844 号

上架建议：随笔｜宠物

JIUGUI YI JIA
酒鬼一家

作　　者：国民老岳父公
出 版 人：曾赛丰
责任编辑：薛　健　刘诗哲
监　　制：毛闽峰　赵　萌　李　娜　刘　霁
特约策划：董　鑫
特约编辑：张明慧　冯　茜
营销编辑：杨　帆　周怡文　彭雨菲
封面设计：山　川
版式设计：李　洁
特约插画：麦　茬　ARIA　林　洋
出版发行：湖南文艺出版社
　　　　　（长沙市雨花区东二环一段 508 号 邮编：410014）
网　　址：www.hnwy.net
印　　刷：北京中科印刷有限公司
经　　销：新华书店
开　　本：875mm×1270mm 1/32
字　　数：70 千字
印　　张：8.5
版　　次：2017 年 3 月第 1 版
印　　次：2017 年 3 月第 1 次印刷
书　　号：ISBN 978-7-5404-7941-1
定　　价：68.00 元

质量监督电话：010-59096394
团购电话：010-59320018